JN125669

播磨国妖綺譚《はりまのくにようきたん》

伊佐々王の記《いざさおうのき》

上田早夕里

文藝春秋

目次

本文内の引用部分については、表記は引用元に従っております

第一話

突《つ》き飛《と》ばし法師《ほうし》

第一話　突き飛ばし法師

一

嘉吉《かきつ》元年（一四四一年）。

日ごとに陽射しが強まってゆくものの、梅雨はまだ遠く、夜には寒い日もある頃。

ふたりの若き兄弟――薬師《くすし》の律秀《りつしゅう》と、僧の呂秀《りょしゅう》は、今日も薬草園の手入れに余念がなかった。

播磨国《はりまのくに》の構《かまえ》に拓かれたこの薬草園では、主に漢薬の原料となる草木が育てられていた。

漢薬とは大陸から伝わった薬である。

その処方は『和剤局方《わざいきょくほう》』という書物に詳しい。薬師はこれをよく学び、薬草や鉱物などを混ぜ合わせて煎じ薬や丸薬や粉薬をつくり、病者に用いる。

兄の律秀は医術をよく修め、漢薬にとても詳しい。

弟の呂秀は近くの寺で修行して僧となり、寺の和尚《わじよう》から薬草園の管理を任された。兄と違って、祈禱によって病や憂いを癒やす術を学んだ。

漢薬と祈禱。これを同時に用いると病者によく効いたので、兄弟はいつもふたりそろって行動し、多くの人々を救ってきた。

このような形で庶民のために働く者たちは、法師《ほうし》陰陽師《おんみようじ》と呼ばれている。京の都の陰陽師は宮廷に仕えるが、法師陰陽師は地方の庶民のために働くのである。在り方は違うが、どちらも世のために必要な者たちだ。

その日、兄弟が薬草園で草取りに精を出していると、三人の見慣れぬ客人《まろうど》が畠までやってきて、ふたりに向かって頭を下げた。

客人たちは頭巾をかぶって膝丈の小袖をまとい、脚には藁《わら》でつくった脛巾《はばき》を巻きつけていた。

肌は陽に灼《や》け、田畠で働く者だとひとめでわかる。

ひとりが前へ進み出て、呂秀に声をかけた。「物の怪を退治して下さる偉いお坊さまとは、あなたさまでございますか」

物の怪退治の才は、実は、呂秀よりも律秀のほうが上だ。手強い物の怪は律秀しか倒せない。

近隣に住む者はそれをよく知っているので、とりわけ恐ろしい目に遭ったときには律秀に物の怪退治を頼む。

だが、律秀は僧ではないため総髪で、畠に出るときには農人《のうにん》のように野良着をまとう。客人からすれば薬草園を手伝う下男にでも見えただろう。

当の律秀は、客人の態度に少しも怒らず、にこにこしながら成り行きを見守っていた。

見知らぬ土地からの客人は、物の怪退治のお礼を、野菜や魚ではなく銭で支払ってくれることが多い。都で遊びたい律秀にとって、銭は何よりもありがたいものだった。

呂秀は足下から桶と柄杓《ひしゃく》を持ちあげ、客人に笑顔を向けた。「お話は我らがふたりでうかがいます。ここは暑いので草庵のほうへ参りましょう」


草庵の板の間で、呂秀は客人たちに白湯《さゆ》をふるまった。

律秀が自分の兄であり薬師であり、物の怪退治にも優れた才を持っていることを教えた。

客人たちは驚き、たちまち平伏して非礼を詫びた。

が、律秀自身は呑気なもので、

「私は高貴な者ではありませんので、そのような気づかいは無用です。それよりも早速お話をうかがいましょう」と愛想よく応じた。

最初に挨拶した男は平介《へいすけ》と名乗り、自分たちは少し離れた地の山奥から来たと言った。

「山人《やまびと》（樵《きこり》や炭焼き）なのですか」と呂秀が訊ねると、

「いいえ、わしらは農人です」と平介は答えた。「普段は田んぼで稲を育て、畠で豆や芋をつくっております。必要なときだけ山で鉄をつくるのです」（※この時代、製鉄だけを生業とする者は、播磨国にはまだいない）

途端に律秀が目を輝かせた。「鉄とは、鍬《くわ》や鋤《すき》や腰刀《こしがたな》の元となるあれですか」

「はい。近頃では、鉄を税の一部として求める荘園もあるそうで」

「鉄づくりには前々から興味を持っていました。たたら場や鍛冶場《かじば》を見られるならありがたい」

呂秀は横から口を挟んだ。「兄上、まずは、この方々のご相談をうかがってから」

「ああ、そうであったな。先へ続けて下さい。鉄の話は、あとでゆっくりとうかがいます」

学問に強い律秀は、物をつくる技にも人一倍興味を示す。鉄づくりの場など目にすれば、はしゃぎまわって、平介たちを質問ぜめにするに違いなかった。

すると平介は言った。「では、まずは、わしらの作業についても少々お話しします。日々の務めを知ってもらったほうが、何が起きているのか、わかりやすいでしょうから」

平介は、自分たちの暮らしについて語り始めた。

——鉄づくりは、小鉄《こがね》（砂鉄）を川で集め、炉で溶かすところから始まります。粘土に藁を混ぜて固めた炉の中で火をおこし、小鉄と炭を投げ入れて、何日も燃やし続けるのです。火が消えたら炉を打ち壊し、冷え固まった鉄の塊を取り出す。これを鍛冶場で再び熱し、型に流し込んだり打ち延ばしたりして、農具や腰刀をこしらえるのです。

ここらの山を成す岩は、小鉄をたくさん含んでおります。雨風に打たれて砕けた岩のかけらは、斜面を滑って谷まで流れ落ちると、渓流でさらに細かく砕かれ、小さな砂粒へと変わる。

川の流れがゆるやかな場所へ行き、鋤簾《じょれん》で川底を掻き、舞いあがった砂を箕《み》で受けとめます。これを水の中で揺すると、軽い砂は水と共に箕の外へ流れ出し、重い小鉄だけが残る。

これを何度も繰り返し、小鉄を集めるのです。

田植えと同じく腰を曲げ続けるので、たいそう疲れる作業です。水に入りますから寒い時期には行えず、おおよそ、いまごろの季節から始めます。

吉備《きび》四国や播磨国では、古くから鉄づくりが行われていたそうです。東のほうでは、陸奥《むつの》国《くに》などでも盛んだとか。

その後、鉄づくりは吉備四国よりも他の国――特に、出雲国《いずものくに》で活発になりました。

出雲国でつくられる鉄は、いまでは国の外へも運ばれているそうです。

ただ、わしらが暮らしで使う分ならば、播磨国で採れる小鉄だけでじゅうぶんです。さほど広い地も人手も要しません。

さて、今季、わしらが川で小鉄をすくっておりますと、ふいに、川の中で皆が一斉に転び始めるという奇怪な出来事が起きました。

わしも後ろから突き飛ばされ、あっというまにずぶ濡れに。

誰かが仕掛けた罠にでも引っかかったのかと、川の中を探りましたが、何も見つかりません。

小鉄をよく集められるよう、皆、少しずつ離れて箕をふっております。

悪ふざけで仲間を突き飛ばせるほど、近くにいるわけではないのです。

おかしなこともあるものだと訝《いぶか》しみながら作業を続けると、また誰かが後ろから突き飛ばす。

周囲を見まわしても、逃げていく姿すらない。

一日のうちに何度も同じことが起きました。

さらには、河原で川へ入る準備をしているだけで、突き飛ばされる者が出る始末。

転ぶたびに体のあちこちを打つので、わしらは怪我が絶えず、いつも痛みに悩まされております。

これでは、いっこうに小鉄が溜まりません。

そんなある日、わしらは、対岸の河原に旅装束のお坊さまが立っておられるのを目にしました。

笠をかぶり、杖を手にして、まぶたのないぎらぎらと輝く目で、わしらを鋭く睨《にら》みつける。そのお坊さまの口が、ふいに耳まで裂け、地の底から響くような唸り声が溢れ出ました。

これは人ではなく物の怪だと気づき、わしらは、しばらく身を寄せ合って震えておりました。お坊さまは繰り返し繰り返し、威嚇《いかく》するような声を発しましたが、わしらにはなんと言っているのか、さっぱりわからない。やがてその姿は徐々に消え、見えなくなってしまいました。

それからも、わしらは川へ入ると突き飛ばされ、ずぶ濡れになり、痛い思いをしております。

ときどき頭の中に、あのお坊さまの姿がふっと浮かびます。

気持ち悪いこと甚だしく、このまま放っておくと、いずれ死人が出るのではないかと、皆、怯えているのです。

とうとう、物の怪を退治できる方を呼ぼうということになりました。

播磨国には名高い法師陰陽師の方々がおられます。以前、瀬戸内《せとうち》で平家の亡霊を退散させた方がいると聞き、こちらを訪れたのです。

どうかこの物の怪を退け、わしらが安心して働けるようにして下さい――。

平介が話し終えると、呂秀は、ふむと考え込んだ。

瀬戸内の海賊衆・鰐鮫《わにざめ》もそうだったが、大海原や山奥などの危ない場所で働く者は、普通は見えないはずの物の怪を、ときどき見てしまうようだ。（※この時代の海賊衆には、海の警護を請け負う者がいた。のちに村上水軍となる一族も含まれる）

物の怪自身が強い意思を持っていると、よけいに見えやすいのだろう。平家の亡霊も特別な想いを抱いていた。あのときは、その願いをかなえると約束し、魂を鎮めることができたのだ。

このたびの物の怪も同じかもしれず、何かを伝えたくて人に悪さをしているのではなかろうか。

ならば、一刻も早くその言葉を聴き、人と和解させねばならぬ。

呂秀が答える前に、律秀が横から口を挟んだ。「では、まずは川を調べるところから始めましょう。ところで、いきなりで心苦しいのですが、この物の怪退治で我らが頂けるものはなんでしょうか」

平介は答えた。「炉でつくった鉄を一塊、お渡しするつもりです。とてもよい値で売れるはずなので」

律秀は満面の笑みを浮かべた。「それは大変ありがたい。ご依頼、確かに承りました。今夜はここに泊まり、明日の朝早く、我らを山へ案内《あない》して下さい。呂秀よ、留守が長びきそうだから、畠の手入れは、なぎさんたちに頼んでおこう」

なぎはふだんから、何人かの農人と共に薬草園を手伝ってくれている女人である。安心して任せられる相手だ。

二

今回の物の怪は、自分から人に悪さを仕掛けている。

自分たちが山へ入った瞬間から、邪魔をしてくるかもしれない。

呂秀は、あきつ鬼に皆の身を守らせるべく、心の中でその名を呼んだ。

たちまち、天井から、ぬっと巨大な影が姿を現した。かつて、播磨国随一の法師陰陽師であった蘆屋《あしや》道満《どうまん》に仕え、いまは、呂秀と主従の関係を結ぶ式神である。

その身は燃えるように赤く、肌は龍の鱗にも似て、ぎらぎらと輝いている。腕は四本、脚は二本。腰から下は剛毛に覆われ、長い尻尾が左右にゆっくりと揺れていた。大きな目の上には、さらに小さな目がふたつ光る。鼻は鷲のくちばしを思わせ、口の両端からは二本の牙が突き出ている。

あきつ鬼が姿を現しても、律秀も客人たちもまったく驚かなかった。皆には姿が見えないのだ。

見えるのは呂秀だけである。声が聞こえ、言葉を交わすことができるのも、呂秀だけだ。

いまの話を聞きましたね、と呂秀は心の中で、あきつ鬼に呼びかけた。「私たちはこれから山へ入り、物の怪を退治せねばなりません。おまえもそれを手伝っておくれ」

あきつ鬼は応えた。「その物の怪を叩き伏せ、食ってしまえばよいのか」

「いきなり乱暴なことをせぬように。物の怪には物の怪の言い分があるでしょう。まずは、なぜ人を困らせるのか問わねばなりません。相手が答えず人の命を奪おうとするなら、そのときはおまえの出番です。存分に力をふるいなさい」

「珍しく厳しいのだな」

「浅瀬とはいえ、川で人を突き飛ばすとは悪戯《いたずら》の域を超えています。転んだ先の岩で頭を打てば人は簡単に死ぬのです。そんな相手ですから、道中、私たちの邪魔をするかもしれぬ。おまえは私たちをしっかりと守っておくれ」

「承知した。久しぶりに大暴れできそうで、うれしいわい」

天を仰いで豪快に笑うと、あきつ鬼は部屋の隅に行き、どっかりとあぐらをかいた。

一対の腕を太腿に置き、もう一対は胸の前で組み、楽しそうに笑みを浮かべた。

そういえば——と呂秀はあらためて思った。

呂秀が主となって以来、あきつ鬼は乱暴なことをほとんどしていない。人を煽《あお》ったり、わざとひどい言葉を投げつけたりしても、それは人の心を救うための作為であった。己の憎しみや楽しみによって人を殴ったり、ものを壊したりするような鬼ではないのだ。

これは、呂秀がそう望まなかったからでもあった。

式神は主の命令通りに動き、主が望まぬことは避ける。あきつ鬼がおとなしいのは、呂秀自身の心が激しさとは無縁だからだ。

この恐ろしい鬼に、はかなき虫の名（※「あきつ」とはトンボの古名）をつけたのも呂秀である。わざと小さきものの名をつけ、鬼の力を弱めたのだ。

あきつ鬼の新しい主が呂秀ではなく、もっと猛々しい人物であったなら――おそらく、その主の影響によって、あきつ鬼は荒れ狂う異形となっただろう。

なんといっても、道満さまに仕えていた式神なのである。

底知れぬ力を備えているはずだ。

しかし、なんとも不思議なのは、呂秀を新たな主として選んだのが、あきつ鬼自身だったことだ。

遠縁とはいえ、呂秀が蘆屋の一族で物の怪が見える者だから――という理由は聞かされたが、あらためて思い出してみると、それ以上の話をあきつ鬼はしていない。

なぜ、あきつ鬼は呂秀を選んだのか。

この三百年あまりものあいだ、呂秀以外に相応《ふさわ》しい者はいなかったのか。

すべてが、まだ謎のままである。

いつか聴く機会があれば聴こうと思ったまま、呂秀は長く、この問いかけを胸の内に秘めたままだった。

その日、呂秀たちは夜半まで明日の準備に追われた。川で怪我をした者たちに薬を方《ほう》じるため、律秀は持ち運び用の薬箱に漢薬を詰められるだけ詰め込んだ。

背負い袋には、薬を小分けする袋や手当に使う布をふんだんに収めた。

薬草園にいるあいだは、幸い、怪異は何も起きなかった。

三

翌日の早朝、平介たちに導かれて、呂秀と律秀は薬草園の北側に広がる山へ入った。呂秀はいつもの僧衣を身にまとい、律秀は薬師に相応しく素襖《すおう》姿である。

あきつ鬼は後ろからついてきた。昨日以上に楽しそうだ。

鉄づくりの場は、廣峯《ひろみね》神社よりもさらに北、大撫山《おおなでさん》の東側にあった。

早朝に出発すると、陽が落ちる頃には着くはずだ。

途中には小屋があり、大雨や大雪に見舞われたときなどは、そこで一泊して天気の回復を待つという。

　あきつ鬼が守っているせいか、あるいは例の物の怪は川にしか出ないのか、一行が山道で襲われることはなかった。

　夕刻、予定通りに鉄づくりの場に到着した。そこは集落ではなく木々を伐り倒して拓いた場所で、簡素な小屋がひとつだけ立っていた。

　いったん盛りあげた土を崩したような跡が、あちこちに見られた。

　律秀が早速、あれはなんですかと目を輝かせながら平介に訊ねた。

「あれは使い終えた炉です」と平介は答えた。「わしらがつくる炉は箱形ですが、東のほうでは筒型の炉を立てて使うと聞いています。箱形の炉は手前に入口をつくり、側面に、ふいごを差し込む穴をあけておきます。そこから風を送り込み、火の勢いを調える。土でつくる炉ですから、乾燥させ、じゅうぶんに固まってから炭を入れて火をつけます。ふいごで風を送ってごうごうと燃やし、火が盛んになったところへ小鉄を投げ込む。四昼夜燃やし続け、火が完全に消えたら炉を壊し、中から鉄の塊を取り出すのです」

「おお、一連の作業をぜひ見てみたい」

「物の怪を退治して下さったら、すぐにでもお見せできますよ」

「任せて下さい。明日は、しっかりと勤めます」

　呂秀たちは小屋に案内され、そこで山菜入りの粥《かゆ》をふるまわれた。

夕餉《ゆうげ》のあと、律秀は怪我人たちを診た。

全員が打ち身に悩んでおり、足首の捻挫がひどい者は、腫れたところに濡らした布を巻きつけているだけだった。

律秀は、捻挫に苦しむ者には、数十種類もの漢薬を混ぜてつくる雲母膏《うんもこう》という脂薬を塗った。その上から何重にも布を巻きつけて動かぬようにする。加えて、打ち身がひどい者、痛みに悩まされている者も含めて、各々に、太嶽活血丹《たいがくかっけつたん》と花蘂石散《かずいせきさん》を方じた。丹は丸薬、散は粉薬である。

痛み具合に応じて、律秀は、ひとりずつ必要な量を渡した。「これらは体内の熱をとり、腫れをひかせる薬です。一回分の量を守り、毎日、白湯でお飲み下さい」

今日は陽も落ちたので、川へ行くのは明日となった。

あきつ鬼は、この地に辿り着いてからずっと鼻をひくつかせ、周囲を警戒している。

呂秀は心の中で呼びかけた。「怪しい気配を感じますか」

「ああ、濃い気配が漂っておる」

「正体がわかりますか」

「まだ、はっきりとはわからぬ。だが、こいつは、とても生臭い。物の怪はたいてい生臭いが、こいつはとりわけ甚だしい。川へ行けばもっと明らかになるだろう。その折りには、おまえたちも川へ入るのだぞ」

「えっ」

「平介たちと同じ格好をして、川で小鉄をすくうのだ。そうすれば、物の怪はすぐに姿を現すに違いない。また、憎むべき者が増えたと思ってな」

あきつ鬼は、けらけらと笑った。

そこを捕まえるのだと、舌なめずりしながら言った。


夜が明け、朝粥を頂いたあと、呂秀と律秀は野良着と笠を借りた。

平介たちは、ふたりを渓流へ導きながら言った。「見た目にはわかりませんが、川の中ほどの流れは急です。深みもあり、足をとられると危のうございます。なるべく岸から離れぬようにして下さい。鋤簾を持った者の川下に立てば安全です」

平介たちは慣れた足取りで川の中へ入っていく。

呂秀と律秀もそのあとを追った。

草鞋《わらじ》の裏から川底の感触が伝わってきた。足をとられぬように慎重に進む。

鋤簾を持った者が、ゆっくりと川底を掻き混ぜた。たちまち、雨雲が広がるかの如く水が濁る。

呂秀は箕を両手で持ち、身をかがめた。

流れを受けとめ、水の中で箕をふる。そろそろよかろう、というところで引きあげた。箕の内を平介に見せる。「これでよろしいでしょうか」

「上出来です」平介はうれしそうに言った。「ご覧下さい。このわずかな黒い粒が小鉄なのです」

「なんと細かな。これが鉄になるのですか」

「山ほど集めて、ようやく溶かす作業に移れます」

「大変な営みですね」

呂秀は川岸へあがると筵《むしろ》に小鉄を振り落とした。これをじゅうぶんに乾かしてから、木箱に移し替えて炉まで運ぶのである。

同じ作業を延々と繰り返したので、たちまち腰と腕が痛くなった。

背中側は陽を浴びて灼かれるが、足下は水に浸かっている。平野の水溜まりと違って、渓流の水は、この季節でも肌に刺さるように冷たい。しかし常に動き回るので額には汗が滲《にじ》んでくる。これは、なかなかに煩《わずら》わしい。

地味な作業なので律秀が飽きていないかと、呂秀は兄の様子をちらりとうかがった。

意外にも律秀は楽しげだった。あとに控える炉での作業に期待が大きいせいか、脇目もふらずに手を動かしている。

いっぽうあきつ鬼は、川面より少し上を羽虫のようにふわふわと漂っていた。

さすが人ではないものだ。器用な真似をする。

厳しく目を光らせてあたりを探るあきつ鬼に、呂秀は心の中で呼びかけた。「どうですか」

「ぷんぷん臭うぞ、あの生臭さが。このまま小鉄を集め続けてくれ。もうじき何かが現れるだろう」

筵に小鉄が山をつくり、そろそろ手を休めようかと思ったとき、川に入っていた呂秀の耳に、ふと異様な水音が響いた。

川のせせらぎに重なり、何かが密かに近づいてくる。覚えがあるような、ないような、群れになった何かが騒ぐ音だ。姿はまだ見えない。

次の瞬間、呂秀は勢いよく後ろから突き飛ばされた。

あっと思ったときには、もう川底に両手をつき胸元まで濡れていた。慌てて立ちあがろうとすると、今度は正面から胸を突かれた。背中から川へ倒れ、ずぶ濡れになった。

腰を打った痛みに顔をしかめて上半身を起こすと、平介たちも同様に突き飛ばされ、次々と転んでいく姿が目に映った。律秀も同様に「わっ」と声をあげてひっくり返った。

突き飛ばしている者の姿は依然として見あたらない。

呂秀は視線を巡らせた。

川の流れの中ほどで、陽炎《かげろう》に似た何かが、ちらちらと揺らめいていた。

普通なら見えるはずの物の怪が、強い術によって姿を隠されている気がした。

呂秀は宙に向かって叫んだ。「あきつ鬼、頼みます」

あきつ鬼は口の両端を持ちあげ、おう、と威勢よく答えて牙を剝《む》いた。突風の如く見えない何かに飛びかかり、勢いよく腕をふるった。鋭い爪が虚空を薙《な》ぐ。

竜巻が起きたのかと思うほど川面が乱れた。

物の怪が瞬時に飛びすさったことが、水の動き方によって呂秀にもわかった。

あきつ鬼が相手を追いかける。太刀を扱うように腕を左右にふりまわす。妖しきものは身軽に避け続けた。仙人かと疑いたくなる素早さだ。逃げまわるだけでなく、あきつ鬼の爪をはじき、腕を押し返す。見えない杖をふるい、身を守っているかのようだった。

あきつ鬼が速さを増す。くるりと身をまわし、脚や尻尾も使って矢継ぎ早に打撃を繰り出した。川面がいっそう激しく波立った。両者が動くと大気が鳴り、両岸に並ぶ樹木の葉がざわめいた。

呂秀は数珠《じゅず》を握りしめ、あきつ鬼に加勢すべく、退魔の呪文を唱え始めた。戦うのをやめ、人の言葉に耳を傾けるようにと呼びかける。すると水の中で何かが足下に、どん、と体当たりを食らわした。繰り返し受ける打撃に呂秀は歯を食いしばり、懸命に同じ呪文を唱え続けた。

ふと気づけば、ずぶ濡れになった律秀も立ちあがり呪文を唱えていた。詠唱の声は高まり、川の中に潜んでいる物の怪の動きを鈍らせた。

あきつ鬼が空高く飛びあがり、ごうっと息を吸った。刹那、あきつ鬼の体は真っ赤に燃える炎そのものに変化《へんげ》し、川面へ向かって駆け下りた。炎の塊は川全体を燃えあがらせた。

炎は呂秀の間近まで迫ってきた。呂秀は慌てて後ろへ跳びすさったが、炎は少しも熱くなかった。どうやら人には影響せず、物の怪だけを焼く炎らしい。

呂秀の体を避けて炎は両側へ分かれ、雲の如く流れて四方八方へ散っていった。

川面の一ヶ所だけがいつまでも燃え続け、その中から甲高い悲鳴が聞こえてきた。なんともいえない悲しげな声だった。長く尾を引くすすり泣きが途絶えたとき、炎もひとりでに消え、あきつ鬼は元の姿に戻っていた。

律秀が呂秀に近づいてきて訊ねた。「なんだ、いまのは」

「何か見えていましたか」と、呂秀は律秀に訊ねた。

「風もないのに川面が乱れたな」

「炎は」

「そんなものは知らん」

あきつ鬼の姿は呂秀にしか見えない。だから、あきつ鬼から放たれる炎も、律秀には見えないのだろう。

呂秀は律秀を、炎が消えたあたりまで導いた。

平介たちも、おそるおそるついてきた。

大岩の近くの淀みに銀色に光る細長い何かが浮いていた。呂秀はそれをすくいあげ、律秀に見せた。

　川魚の死骸であった。

　頭の先から尻尾にかけて葉状の模様が並ぶ。背中側には丸い模様が点々とあり、なんとも見目麗しい魚である。

　律秀が言った。「これは山女魚《やまめ》だ。清流にしか棲まぬ魚だ」

「これが物の怪の正体だったのですか」

　呂秀は激しい後悔に襲われた。「このようにはかないものの仕業だったとは。知っていれば、あきつ鬼に焼かせたりはしなかったのに」

　あきつ鬼が不満げに鼻を鳴らした。「わしはおまえが望んだ通りにしただけだぞ。人に怪我をさせたことを怒っていたのは、おまえ自身ではないか」

「確かにそう言いましたが」身の置きどころのない虚しさに襲われ、呂秀は目を閉じた。「もっと邪悪なものだと思っていたので――。でも、それは私の浅はかな思い込みでした。よくよく考えてから、おまえに命じるべきだった」

「何をいまさら。わしは己の働きをおまえに誉められたいぞ。きちんと誉めてくれ」

「とてもそんな気分にはなれません」

　平介がふいに悲鳴をあげ、真っ青になって岸辺を指さした。「あちらに恐ろしいものが、ああ」

対岸の森を背後に、僧衣をまとった者たちが杖を手にして並んでいた。

背の高さは各々で差があるが、皆、一様に同じ体つきだ。

笠の下で、まぶたのない両目がぎらぎらと輝いている。

その視線は、まっすぐに呂秀たちに注がれていた。

「前は、ひとりだけでした」と平介は言った。「こんなに大勢現れたのは初めてです。なんと不吉な」

唇の両端が裂けたかのように、僧たちが一斉に口を開いた。なんともいえぬ陰鬱な声が、呂秀たちのもとへひたひたと押し寄せた。

その言葉は真冬の水の如く冷たく、草木の棘《とげ》の如く鋭かった。刃に斬りつけられた痛みを孕《はら》んでいた。

仲間の死を悼《いた》む言葉だと、呂秀にはすぐにわかった。

言葉そのものはわからずとも、胸をかきむしられるような悲痛な思いが伝わってくる。同時に強い憤りと恨みの心も。

それを誰よりも理解できるのは、いまは呂秀だけだ。

呂秀は律秀にそっと訊ねた。「兄上にもあれが見えますか。聞こえますか」

「残念ながら何も見えんし、何も聞こえん。『見える才、聞こえる才』を持たぬのは、まことに不自由だな」

「平介や私には見えるのに兄上には見えぬのは――。おそらくあの者たちは、兄上と縁を結びたくないのでしょう。兄上に消滅の呪文を唱えられたら、自分たちはこの世から消されてしまうと――心の底から怯えているのです」

「奴らは、そこまで、か弱きものなのか」

呂秀はうなずき、平介に訊ねた。「皆さまには、あの者たちの声が聞こえますか」

平介は首を横にふった。「ただ、ごうごうと、吹きすさぶ風に似た音だけが聞こえます」

律秀が言った。「呂秀よ、やはり、おまえが相対せぬと、どうにもならんようだぞ」

物の怪が見え、その言葉が聞こえるからという理由だけでなく、いま、僧たちに語りかけるべきは自分だけなのだと呂秀は悟った。気力を奮い起こし、僧たちに呼びかけた。「そこの皆さま。話があるなら私が聴きます。遠慮なく仰って下さい。今日はこんな格好をしておりますが、私は麓《ふもと》で人々のために働く僧です」

長く続いた声がぴたりとやみ、列の中央に立つ僧が一歩前へ出た。「では、まずは、その恐ろしい鬼を遠ざけて頂けませんか。我らは熱や火に弱い。いましがた仲間をひとり失ったことで、皆、心乱れております」

「わかりました」呂秀はあきつ鬼に目を向けた。「下がっていなさい。私が命じるまで何もせぬように」

「わしが炎と化せば、あんな連中は一瞬で焼き殺せる。それで解決するではないか」

「私の言うことがきけないなら、兄におまえを封じてもらいますよ」

「何を怒っておるのだ。わしが何かしたか」

「平家の亡霊と相対したとき、おまえも見たでしょう。兄は強い結界をはれます。その中におまえを閉じ込め、出られぬように――」

「結界など簡単に破ってくれるわ」

「やめておきなさい。どんな物の怪も耐えられぬ、痛くて苦しい檻《おり》ですよ」

あきつ鬼は不満げに鼻を鳴らし、呂秀の背後にまわった。四本の腕を組み、後方に留まる。

呂秀は僧たちのほうへ向き直った。「安心して下さい。この者には手を出させません」

僧は、ほっと一息ついて再び語り始めた。「いましがたご覧になった通り、我らはこの川に棲むものです。静かで綺麗な水でなければ暮らせません。ところが近頃は、人が川底をやたらと掻きまわし、騒々しいこと甚だしい。それだけでなく、炉で燃やす炭や薪をつくるため、次々と森の木を伐り倒します。樹木を失って剝き出しになった大地は、雨で土砂が削り取られ、それらは、すべて川まで流れ出てくる。あっというまに清流は濁り、水の質も変わり、我らは鰓《えら》がつまって苦しうて苦しうて――」

またしても、僧たちが一斉に嘆きの声を洩らす。それは地の底から響くように河原の小石をかたかたと震わせた。

呂秀は言った。「では、あなた方が悪さを働いたのは、川から人を追い出すためですか」

「はい。我らにできることなどしれていますが、根気よく繰り返していれば、やがて人のほうが音をあげ、この地から去るであろうと考えました」

あきつ鬼が呂秀の背中をつついた。「やはり、こいつら燃やしてしまおう。捨て置けぬ輩だ」

「何を言うのですか」呂秀はぴしりと言い返した。「川には、山女魚のほうが先に棲んでいたのですよ。人があとから来て、迷惑をかけたのではありませんか」

「鉄は、もはや人の暮らしに欠かせぬものだ。おまえは薬草園で畠を耕すときに鍬や鋤を使い、鎌を使って草取りをするであろう。囲炉裏の炭をつかむ火箸も鉄だ。食べ物を切ったり刻んだりする腰刀、汁物をこしらえる鍋も鉄がなければつくれぬ」

「それは重々承知のうえです。しかし、だからといって、人が山女魚を困らせていいわけがありません。仏が説く道から外れています」

「わかっておらぬな。播磨国の農人が鉄をつくる営みなど、規模としては小さなものだ。出雲国はもっとすごいと、平介から聞かされたであろう。つまり、いずれは播磨国でも、さらに鉄づくりが進むのだ。炉は大きさを増し、伐られる木がもっと増え、瞬く間に小魚どもが滅びるほど川が濁るだろう。だから奴らを燃やさぬのであれば、よそへ移ってもらうぐらいしか解決の道はないぞ」

「山女魚たちに、ここから立ち去れと命じるのですか」

「そうだ。もっと上流へ行き、岩魚《いわな》と共に生きてもらうのだ。あるいは、鉄をつくらぬ土地へ、わしらが奴らを運んでやるのはどうだ。それこそ人が為すべきことではないのか。できぬのであれば、山女魚たちはこれからも人に悪さをし続けるだろう。ならば、わしはおまえたちの代わりに、いま、ここで山女魚たちを焼かざるをえん」

律秀が横から口を挟んだ。「呂秀よ。そろそろ私にも事情を教えてくれぬか。いま何が起きているのだ」

呂秀はうなずき、平介たちにも声をかけて、いったん岸辺へあがった。

さきほどすくいあげた山女魚の死骸を、小鉄を乾かしている筵にそっと置く。続けて、これまでの事情を詳しく語って聞かせると、平介たちは驚きのあまり呆然となった。

平介は腕組みをし、眉間に縦皺を寄せた。「確かに、それは山女魚たちにとって大ごとでしょう。しかし、我らは今季、もう、ここに炉をつくってしまいました。うかつには動けません。炉にくべる薪は、近場の木を伐ってつくります。鉄づくりは、小鉄が採れる川の近くに炉をつくり、間近にある木々を伐り倒しながら進めます。木々を伐りつくせば別の地へ移動し、また川の近くに炉をつくって木を伐る——。この繰り返しです。我らは移動のたびに、山女魚たちに迷惑をかけるでしょう。ただ、麓に荷を下ろす都合がありますから、移動先は限られています。あまりに深く山へ立ち入ると、つくった鉄器を麓へ下ろすのに手間どりますし、荒ぶる獣たちと出遭うのも恐ろしい。ですから、我らは鉄をつくる場所をよく考えて狭く定め、山女魚たちには上流へ移ってもらう――双方がそれぞれに少しだけ利をあきらめ、相手の都合を考えた道を選ぶしかないでしょう」

律秀が横から口を挟んだ。「川が濁って困るのは山女魚だけではなかろう。他の魚や、沢《さわ》蟹《がに》なども迷惑をこうむっているはずだ。山女魚だけの話では済むまい」

呂秀は眉根を寄せた。「山女魚たちに住み処を移してもらっても、他の生きものを困らせることに変わりはないのですね」

「これは、なかなかやっかいな話だ」律秀も溜め息を洩らした。「確かに、人は、もはや鉄を捨てられぬ。しかし、そのせいで生きものが何ひとつ棲まぬ川になったら、もっと恐ろしい。そんな山や川が増えたら、我らには想像もつかぬ災厄が起きるのではないかな」

「なんとかならぬのですか」

「これは物の怪退治の域を超えた話だ。山人は食うために他の命を狩るが、鉄がほしい我らも、食う以外の形で山の生きものの命を奪っているのだ。まことに人とは、殺生から逃れられぬのだな」

「そのような話、山女魚たちに伝えるのは気が重うございます」

「正直に話すしかあるまい。それができるのはおまえだけだ」

呂秀はしばらく考え込んだのち、うなずいた。「わかりました。私が伝えて参ります」

呂秀は再び川に入り、異形の僧たちが並ぶ岸辺に向かった。あきつ鬼が後ろからついてきて、「やれやれ、面倒なことを引き受けおって」とぼやく。

「私や皆が危ない目に遭いかけたら、そのときは助けておくれ」と呂秀が言うと、あきつ鬼は応えた。「そうなったら、今度こそ、あいつらを焼いてしまおう」

「それは、ぎりぎりまで待ちなさい。私には、ひとつ考えがあります。山女魚たちが、それを受け入れてくれるとよいのですが」

四

流れのゆるい浅いところで足を止めると、呂秀は僧たちに向かって、皆との話し合いの顛《てん》末《まつ》を伝えた。「川の濁りに困っているのは、他の生きものも同じなのですね」と確かめると、僧たちはうなずき、まさにその通りですと答えた。

呂秀は続けた。「我らは鉄をつくらずに暮らすことはできません。これからも川を濁らせ、木を伐り続けるでしょう。ですから双方が安心して暮らすためには、人は自分たちが立ち入ってよい領域を厳しく定め、山の奥までは侵食せぬようにいたします。あなた方は、うまく人を避けて下さい。幸い、いまの播磨国での鉄づくりは、一年を通して行われるものではありません。今後、山で木を伐り、川で小鉄を採る際には、その前に人が合図を出すよう、私から頼んでおきましょう」

「合図とは」

「たとえば作業の前の日に、川辺で大きな音で鉦《かね》を鳴らし、太鼓を叩かせます。それを耳にしたら、皆さんは、いっとき上流へ逃れて下さい。他の生きものにも、これを伝えて下さい。鉄づくりの時期が過ぎれば、また鉦と太鼓で合図を送ります。安心して戻ってきて下さい。これなら上流の岩魚たちにも、あまり迷惑をかけずに済むでしょう」

僧たちは顔を見合わせ、ひそひそと話し合った。

意見は、なかなかまとまらない様子だった。しかめっつらをする者もおれば、それを諭《さと》すように大声でたしなめる者もいる。当然だろう。山女魚たちにとっては、人の鉄づくりさえなければ移動など不要なのだ。だが下流に留まり続ける限り、人との衝突は続く。

やがて、ざわめきは落ち着いた。

さきほどの僧が呂秀のほうへ向き直った。「最善の策とは思えませぬが、そうしなければお互い無事でいられぬのなら、いまはこれを受け入れましょう。我らはいったん退きますが、人を恨んでいるのが我らだけではないことを、よくよく承知しておいて頂きたい」

「勿論です。これからも不満があれば、いつでも私をお呼び下さい。私は法師陰陽師の呂秀と申します。里の薬草園に草庵を構え、兄と共に、そちらで暮らしております。人と物の怪とのあいだに立つのが我らの務めです」

「承知しました。呂秀どの、人に必ず約束を守らせるよう、よろしくお願いいたします。川岸で鉦と太鼓が鳴らぬとき、我らは再び――いや、川に棲むすべての生きものが、荒々しく牙を剝き、人々に禍《わざわい》をもたらすでしょう。その禍は必ず、このたび以上の激しさになることを決してお忘れなきように」

「はい、よく伝えておきます」

僧たちは一斉に両手を合わせ、呂秀に向かって深々とお辞儀をした。霧が晴れていくように、皆の姿は徐々に消えていった。

あとには静かな川音だけが残り、ふいに思い出したように山鳥の鳴き声が響きわたった。

呂秀は、ほっとしてあきつ鬼をふり返り、「戻りましょう」と声をかけた。

が、あきつ鬼は怖い顔のままだった。

「どうしたのですか」

「まだおるぞ」

「えっ」

「そうか。わしが感じておったのは、山女魚たちの生臭さではなかったのか。これは山女魚たちをそそのかし、人に仇《あだ》なす力を与えた邪悪な者の臭いだ」

あきつ鬼は呂秀の頭上をぽんと飛び越え、森へ向かって駆けながら大声をあげた。「そこに隠れておるもの、姿を見せい」

さきほど以上の凄まじい炎が、あきつ鬼の体から木々の奥へ放たれた。森全体が燃え尽きるのではないかと思えるほどの炎だった。木々は燃やさず、物の怪だけを焼く炎だ。

大気が禍々《まがまが》しい色を帯びた。腐った沼を思わせる臭気が呂秀の鼻をつき、それは不快感を与えるだけでなく、たちまち体の芯まで凍えさせた。

とてつもなく激しい悪意を孕んだものが、森の暗がりで、にたにたと嗤《わら》っている気配が感じられた。

ふふふ、と、人の笑い声が低く響く。

呂秀は数珠を握りしめて身構えた。

異変に気づいた律秀が慌ただしく川へ入り、再び、呂秀のもとへ駆けつけた。「なんだ。山女魚たちが本気で怒ったのか」

「いいえ、山女魚たちは川へ帰りました。しかし、あの山女魚たちを操り、人にけしかけていた邪悪な者がいるようです」

「ほう」律秀は楽しそうに眉をあげ、自身も呂秀の隣で身構えた。懐から人形《ひとがた》をつまみ出す。

「戦い甲斐のある物の怪のようだな。どこだ」

「まだ姿は見せませぬ」

「見えたらすぐに教えろ」

呂秀は森の暗がりに目を凝らした。ぼんやりと白い人影が漂っている。こちらへ近づいてくる。

耳が、微かに響く音を捉えた。

ちりん、ちりん――。

白い影が動くたびに、涼しげな鈴の音が波紋のように広がる。

悪寒が呂秀の背筋を走り抜けた。遠い昔、これと同じ音を聴いた。これは、あのときの。

足下が崩れゆく錯覚に襲われ、呂秀は川の中へ倒れそうになった。

律秀が素早く呂秀を支える。「大丈夫か。森にいるのは、それほど手強い相手なのか」

「兄上には、あれは見えないのですね。音も聞こえませんか」

「ああ、何か嫌な気配は感じるが」

「私はあの者を知っております」

「なんだと」

「子供の頃――母上が亡くなったときに、あれが」

そう、はっきりと思い出した。

微かな衣ずれと鈴の音。母が横たわる室内に、さっと差し込んできた眩しい光。

あのとき、誰かが母の魂を連れ去った。

真っ白な狩衣《かりぎぬ》を着た、顔を持たぬ男だった。

ひときわ大きく鈴が鳴り、白い影は立ち止まった。そのときには、もう、はっきりと人の姿をとっていた。

呂秀は目を見開き、硬直した。

ああ、あの日と同じだ。

鈴を縫いつけた白い狩衣、頭には烏帽子《えぼし》。

森の中を歩いてきたのに、衣には汚れひとつ見あたらない。降り積もったばかりの雪の如くうっすらと光を放ち、妖艶なまでに白い衣である。

いや、これは狩衣ではなく――。

幼い頃と違い、いまでは多くの事柄を知った呂秀にはわかった。

この男が身にまとっているのは浄衣《じょうえ》だ。神職を務める者がまとう衣、あるいは、まるで都の陰陽師のような。

そのとき、律秀が呂秀にそっと囁いた。「不思議だな。私にも、急に、あやつの姿が見えてきたぞ」

「えっ」

「私に見えるのであれば、あれは物の怪や死霊ではなく人なのだな」

「しかし、人にしては、あまりにも異様な気配を帯びております」

呂秀は数珠をつかんだ腕をあげ、浄衣姿の男に向かって突きつけた。「兄上。私は、こうやって、ずっと数珠を突きつけておりますから、もし相手がまた見えなくなったら、そちらへ向かって呪文を唱えて下さい」

「わかった。必ず守るから任せろ」

浄衣姿の男が、にやりと笑った。

白き衣に似合う整った顔立ちは、以前と違って、はっきりと表情がわかった。この麗しさは、間違いなく都人《みやこびと》のそれであろう。切れ長の双眸《そうぼう》、すっきりと整った鼻梁《びりょう》、うっすらと赤い唇。肌は絹の如くきめ細かく、青白く涼しい目元に滲む色は、どこか呂秀たちを見下すかのようだ。

「そこの鬼よ」と、よく通る声で男は言った。「おまえは選ぶ主を間違えたな」

あきつ鬼の姿が見えるということは、呂秀が想像した通り、陰陽道に深く通じた者に違いなかった。

だが、この禍々しさはなんだ。

陰陽師にあるまじき傲慢な口ぶり。単に都人が地方の者を蔑《さげす》むときとは違う、この世そのものを憎んでいるかのような暗さ――。

男は続けた。「『あきつ』などと弱々しい名をつけられおって。私のところへ来れば、もっと強い名を得て、龍王にも匹敵する力を恣《ほしいまま》にできたであろうに」

あきつ鬼は即座に言い返した。「やかましい。わしは何百年も人の営みを眺め続け、そのうえで、この僧を選んだのだ。それを間違いだと侮るのは、わしの判断を侮ることだ。おまえ、焼き殺されたいのか」

「いまのおまえの力では私を斃《たお》せぬ。その僧がただの法師陰陽師にすぎぬ以上、おまえの力もその程度に留まるのだ。すべてを取り戻したくば、そいつとの結びを解き、私と主従を結び直せ。さすれば、おまえを都へ連れていってやろう。蘆屋道満にまつわる真実を、都であらためて知るがいい」

あきつ鬼の体が再び赤く燃えあがった。「おまえなどが道満さまの名を口にするな。汚らわしい」

「そこにおる兄弟は、たかが山女魚の精にあっさりと突き飛ばされる者だ。都の陰陽師にはとてもかなわん」

呂秀が厳しく問うた。「山女魚たちに妖しき力を与え、人を襲わせたのはあなたですか」

男は微笑んだが答えない。答える必要すら感じないという態度だ。

呂秀はたたみかけた。「なんのために、あんなことを」

「人ではないものを助け、封じられた力を解き放つのが私の務め。おまえも知っているだろう。『僧形』は、強い呪力を孕《はら》ませるには最も適した形だ」

「では、あの怪しい僧の姿はあなたが与えたのですか。人の都合で、生きものに勝手に形を与えるなど」

「では、おまえはどうなのだ。あきつ鬼の力を抑えるために、わざと弱々しい虫の名を与えた。おまえこそ、あきつ鬼の形を勝手に変えたのだ。今日この地を訪れたあきつ鬼が、なぜ変化《へんげ》したのかよく考えてみるがいい。それはあやつが――」

あきつ鬼が男に向かって飛びかかった。四本の腕をふるい、鋭い爪で相手を引き裂きかけたが、男はひらりと身をかわした。天狗じみた動きで高く跳びあがり、太い枝の上に悠然と立つ。「あきつ鬼よ。呂秀の力に限界を感じたら、いつでも私のもとへ来るがいい。私が新たな主となってやろう。おまえの力は炎と化す程度のものではない。おまえは遥か昔、吉備国に生まれし者だ。その本性をはっきりと思い出せ」

「わしは、わしだ」あきつ鬼は叫んだ。「『あきつ』の名をもらった以上、それ以外の者ではない」

「そんな名は捨ててしまえ。捨てれば、おまえのまことの姿が明らかとなる。私の名を教えておこう。『ガモウダイゴ』だ。私はおまえの味方、まことの力を引き出してやれる者だ」

呂秀は眉をひそめた。まるで知らない名だった。もっとも都人であるならば、播磨国に住む呂秀たちが知らなくても当然だ。

律秀が男に向かって人形《ひとがた》を投げつけた。「名がわかればこちらのものだ、行けっ」

人形は、たちまち巨大な二本の腕に分かれて、男につかみかかった。律秀が唱える呪文がそこにまとわりつき、奇妙な模様のようにうねりながら男に襲いかかる。

男は再び薄く笑った。

枝から飛び降りつつ顔の正面で人差し指を立て、律秀の呪文を瞬時にはじいた。

両側から迫り来る腕を、手刀で薙ぐだけであっさりと切り裂いた。「ぬるい。児戯だ」と男は言い捨てた。「修行し直してこい」

するとと律秀は、ふっと笑みを洩らした。「どうかな」

突然、男の足下から土砂を巻きあげて何かが突きあがった。腕と同じく巨大な二本の足だった。足の裏が男を高々と蹴りあげ、もう片方の足の甲が男をはね飛ばす。男は勢いよく木の幹に叩きつけられた。

したたかに体を打ち、為す術《すべ》もなく地面に落下する。だが、すぐに身を起こして土で汚れた顔を掌で拭った。相変わらず不敵な笑みを浮かべていたが、心なしか、さきほどよりも表情がかたい。

男の指先が宙に文字を書いた。すると律秀が出現させた足は粉々に砕け、破片のすべてが律秀に向かってまっすぐに飛んできた。

律秀が回避の呪文を唱えるよりも先に、あきつ鬼が律秀の前に立ちふさがった。破片はひとつ残らずあきつ鬼に突き刺さったが、鱗に覆われた鬼の肌は、先端を体の奥までは侵入させない。

男が不愉快そうに唸り声をあげた。「おまえの主は呂秀だろう。なぜ兄までかばう」

「こいつらは兄弟でひとつだ。呂秀に仕えている以上、わしは律秀も守るのだ」

「そんな奴らに仕えても得にはならんぞ」

「得になるかどうかは、わしが決める」

男は鼻で嗤った。「あきつ鬼よ。ガモウダイゴの名を呼べば、私はいつでもおまえの前に現れる。好きなときに招くのだ。私はおまえに新しい名をつけられる。それを忘れるな」

「誰が呼ぶか」と、あきつ鬼は吐き捨て、男を睨みつけた。

律秀が追撃の呪文を唱える前に、男はさっと身を翻《ひるがえ》し、森の奥へ姿を消した。


「逃げたか」律秀は悔しげに顔を歪めた。「まあ、名がわかったといっても『音』だけだ。字がわかるまでは私の呪《しゅ》も半分しか効かぬ」

律秀は呂秀をふり返って訊ねた。「呂秀よ、あいつを知っているとは、どういう意味だ」

「母が亡くなったときに見たのです」呂秀は青褪《あおざ》めたまま、うなだれた。「屋敷の襖《ふすま》を開け放ち、母の魂を連れていきました。そのときには顔がわからなかったのです。いくら見つめても、相手の顔を覚えることができなかった。輝くように白い狩衣をまとい、鈴を鳴らしていたことは、はっきりと覚えています。あれは、あのときの男に間違いありません」

「ふむ。自分から名乗ったのだから、素性を調べるのは容易だろう。都の陰陽師にしては、ずいぶんと邪悪な気配をまとっていたが――。燈泉寺《とうせんじ》に逗留している大中臣有傅《おおなかとみありもり》さまに訊けば何かわかるかもしれん」

「廣峯神社におられる父上にも訊ねてみましょう。何かご存じかも」

「そうだな。山を下りる途中で廣峯神社に立ち寄るか」

呂秀は、あきつ鬼の表情をちらりと見た。

あの男は、あきつ鬼を古くから知るような喋り方をした。いったい、どんな間柄なのだろうか。

あきつ鬼は黙り込んだままだった。男が逃げた先を見つめるばかりで、呂秀たちをふり返ろうともしない。

――自ら語ってくれるまで何も訊かぬほうがよさそうだ。

あきつ鬼が話してくれるまで待とう。

それが主としての正しい態度であろうと、呂秀は視線をそらした。


呂秀は平介のもとへ戻ると、山女魚たちとの会話について語った。

鉄づくりの季節の前には川岸で鉦や太鼓を打ち鳴らし、営みの始まりを山女魚たちに教えてやること。そうすれば、山女魚たちは他の生きものを引き連れて、水が綺麗な上流へいっとき逃れてくれること。鉄づくりが終わったとき、再び鉦と太鼓を鳴らせば、山女魚たちは住み慣れた流れまで戻ってくること。

平介たちは大きくうなずき、その通りにいたしますと答えた。

そして、自分たちの行いの戒めとするために、山女魚の死骸を河原に埋め、そこに大きな岩を置いて碑とした。

呂秀は碑の前に野の花を一輪たむけ、山女魚の魂を鎮めるために経を唱えた。これで、山女魚と人とのあいだには、ささやかながらも信頼が保たれるはずである。

少なくとも、いまだけは——。

野に生きるものたちが、もう二度と、あの、ガモウダイゴと名乗った妖しき男の道具とならぬように、呂秀はいつにもまして心を込め、朗々と響く声で経を唱え続けた。

第二話

縁《ゆかり》

一

炉から噴き出す炎の色は、陽が落ちゆく西の空を思わせた。

火の粉を撒《ま》き散らして生きもののように身をよじる。

呪文によって地にしばりつけられた龍が、天へ駆けのぼろうとあがいているかのようだ。

龍は繰り返し軛《くびき》に抗うが、猛々しい力に押さえつけられて逃れられない――。

なぜ、そんな連想を抱いてしまうのだろう。

自分でもわからなかった。

これに似たものを何か知っている気がする。記憶の底を深く探ったが、どうしても思い出せない。

いっぽう律秀は瞳を輝かせて、鉄づくりに励む人々の姿に見入っていた。

炉がここまで炎を噴き出したのは、最初の小鉄と炭を入れてから三日目のことだった。

小鉄を少しずつ加え、ふいごで風を送るうちに、炉を蝕《むしば》むかと思われるほどの勢いで炎が大きくなった。ここに至ると小鉄の投入は終わり、風も送らず、自然に炎がおさまっていくのを待つだけとなる。

四日目には炉を壊し、中から鉄の塊を取り出す。

取り出された鉄は割られ、鍛冶場でもう一度溶かして打ち延ばす。そうやって農具や腰刀がつくられるのだ。

炎そのものに想いを巡らせる呂秀と違って、律秀の関心はあくまでも鉄づくりの手順にあった。定められた手順に忠実に従えば、誰もが同じものをつくり出せる――これは理《ことわり》の基本である。

理によって事をなすのは、鉄づくりだけでなく法師陰陽師や薬師も同じだ。

呪文によって物の怪を退けるのが法師陰陽師。

漢薬によって病を治すのが薬師。

どちらも決まった手順があり、その順序を間違えぬ限り、目に見える形で効能が現れる。

だから律秀は、鉄づくりの理に熱中するのだ。

来年には草庵の裏山に炉をつくり、鉄をつくってみたいとまで言い出した。

「どこから人を集めるのですか」と呂秀が訊ねると、

「いつも薬草園を手伝いに来る農人に声をかけよう」と律秀は言った。「身近な場所で、わずかでも鉄器をつくり修理もできるなら、やってみる価値はある」

「薬草園を手伝って頂くだけでも手間なのに、これ以上は頼めぬでしょう。気候がよい時期には田畠も忙しいのですから」

「では、あきつ鬼に手伝わせよう。あいつなら人の何十倍も働こう」

「それは、いっそう無理があるのでは」

「訊ねてみなければわかるまい。声をかけてみてくれないか」

呂秀はちらりと傍らを見た。炉の近くには、あきつ鬼の姿もあった。勿論、この姿が見えるのは呂秀だけだ。

律秀も鉄づくりに勤しむ男たちも、そこに鬼がたたずんでいるなどとは、露《つゆ》ほども思っていない。

あきつ鬼は、ただじっと炉を見つめていた。深く、自身の思索に耽っている様子だ。

呂秀は心の中で、あきつ鬼にそっと呼びかけた。「兄がこのように言っていますがどうしますか。できぬのであれば私が兄を説得します」

あきつ鬼は応えなかった。

呼びかけても返事をせぬのは初めてだ。

ガモウダイゴと名乗ったあの男の言葉を、まだ気にしているのか。

呂秀は答えが戻るのをあきらめ、鉄づくりの作業を眺め続けた。

二

二日後、律秀はようやく満足し、呂秀と共に、たたら場をあとにして廣峯神社を目指した。

廣峯神社には、ふたりの実父にあたる蘆屋《あしや》道延《どうえん》が勤める。

ガモウダイゴが都の陰陽師であれば、道延も何か知っているかもしれない。

一昨年、律秀は、大中臣有傳と共に廣峯神社を訪れたが、兄弟そろって父に会うのは久しぶりだ。

石段をのぼって境内に入り、巫女に声をかけた。巫女はすぐにふたりを導いてくれた。

横に長い正殿の前を通り過ぎ、道延が暮らす別棟へ足を踏み入れる。

廊下を渡り、道延の部屋まで来ると、巫女は廊下側から中へ向かって声をかけた。

すると「ふたりを中へ」と、穏やかな声が応じた。

呂秀と律秀は板の間へ足を踏み入れた。

道延は机の前に座っていた。机には広げられた巻物が見える。

静かにふり返り、ふたりに向かって微笑んだ。

狩衣に差袴《さしこ》という姿は、都人のように優雅だった。

髪は白を通り越して銀色に近く、貫禄と親しみを共に備えた容姿は、神社を訪れる者に和みと癒やしを与えている。

生まれながらの才である。

律秀と父は性質がそっくりだ、と呂秀は感じている。物の考え方も華やかな雰囲気も。自分にはないものを持つふたりだ。

「三人そろうのは何年ぶりか」道延はふたりに畳を勧めながら言った。「旅の帰りか。どこへ行っていた」

律秀が答えた。「物の怪退治のついでに、鉄づくりを学んできました。そこで気になることがありまして」

山女魚たちが起こした騒ぎと、それを煽ったガモウダイゴという陰陽師について、律秀は詳しく語った。「この名に聞き覚えはございませんか。邪悪な男ではあったものの、都人のような気品も備えていました。名の知れた血筋の者ではないでしょうか」

「ガモウか」道延はつぶやいた。「かつて、そのような家系があったが、既に絶えて久しいはずだ」

「絶えたというのは穏やかではありませんね」

「いまの陰陽寮《おんようりょう》では、安倍《あべ》家と賀茂《かも》家の二派が覇権を握っている。この二派には主流と庶流があり、庶流の数が増えたため、主流は別の名を用いるようになった。いまでは安倍の主流は土御門《つちみかど》家、賀茂の主流は勘解由小路《かでのこうじ》家と名乗っている。この賀茂家主流を支える一派に、かつて、ガモウの名を持つ庶流があったと聞く。字はこのように書く」

道延は机に向き直り、筆を手にとって紙に文字をしたためた。

——蒲生。

「『蒲生』とは、蒲《がま》が生える場所という意味だ」

「蒲とは、池や川縁に生えている、あの細長い穂がつく草ですか」

「そうだ。蒲生家の者は『賀茂』を『鴨』と読み替え、その一族に付き従う者という意味でこの家名を名乗った。『ダイゴ』のほうは、その者だけが知る由来があるのだろう。生まれ故郷の地名を用いたのであれば、都の東南には確かにこの名を持つ土地がある。だが私自身は、『蒲生醍醐』を名乗る陰陽師とは、会ったことも噂に聞いたこともない」

「まことの名を隠すための仮の名でしょうか」

「陰陽師ならばそれぐらいは考えるだろう。仮の名で、おまえたちの力を測ったのかもしれん。都の陰陽師については、大中臣有傅どののほうがよくご存じだ。麓へ下りたら訊ねてみなさい。陰陽寮の方なのだから、伝聞でしか知らぬ私よりも詳しいはずだ」

「ありがとうございます」

呂秀が言った。「父上、私からも、ひとつお訊ねしたいことがあります」

「なんだ」

「吉備四国には、鬼についての伝説などがございますでしょうか」

「なぜ、そんなことを気にする」

呂秀はここで初めて、蘆屋道満に仕えていた式神を従えるに至った経緯を話した。これまでは律秀にしか話していない事柄である。ガモウダイゴについて知ってもらうなら、これも父に教えておいたほうがいい。あきつ鬼がガモウダイゴから『遥か昔、吉備国に生まれし者』と呼ばれたことも伝えた。

道延は落ち着いた面持ちで耳を傾け、最後まで聴き終えると大いに喜んだ。「おまえは幼い頃から人には見えぬものが見えていた。鬼ぐらい見えても不思議ではない。むしろ、道満さまの式神に頼られるとは誇るべきことだ。その鬼は、いまもこの部屋におるのだな」

「はい」と呂秀は答えた。「部屋の隅に控えております。父上の目には映っておりますか」

「見えぬが、何かが潜んでいる気配はある。おまえたちが入ってきたときから気になっていたが、道満さまの式神であったか」

その鬼はどこに座しておるのかと道延が訊ねたので、呂秀は部屋の隅を指さし、あそこでございますと答えた。

すると道延はそちらへ向き直り、深く頭を下げた。「あきつ鬼どの、これからも呂秀をよろしくお頼み申します」

あきつ鬼は、ぽかんとした顔つきで呂秀を見た。「このように真面目に頼まれても、わしの性には合わぬ。だいたい、面倒を見てもらっているのはわしのほうじゃ」

呂秀は、くすりと笑った。「父は人として礼を述べたかっただけです。おまえは鬼ですから、人の理に合わせる必要はありません。知らん顔をしておればよいのです」

「つまらぬ者相手ならそれでもよいが、おまえの父はえらく徳が高い男ではないか。粗末に扱うと罰があたりそうな気がする」

呂秀は思わず噴き出しそうになった。

鬼でも人の礼儀が気になるのであろうか。

あるいは道満さまが日頃から、礼儀について、あきつ鬼に教えていたのだろうか。

自分の下で働くからには、がさつな者になってはいかんと、たしなめていたのかもしれない。そう想像すると笑みがこぼれた。

横目で父の様子を一瞥すると、何も見えていないはずなのに、恐ろしいほどの正確さで、あきつ鬼がいる場所を見つめていた。

父の力は、若かりし日の鋭さをもはや失いつつある。だが、陰陽師としては、まだまだ高みにいるようだ。あきつ鬼が畏怖を抱く理由が、ひしひしと伝わってきた。

道延は続けた。「ところで、おまえが訊ねた吉備四国に伝わる鬼といえば、なんといっても、備中国《びっちゅうのくに》の温羅《うら》が有名だ。十代目の帝・崇神《すじん》天皇の時代の話だという」

三

備中国に伝わる鬼の言い伝えとは、吉備四国がまだひとつの国で、単に、吉備国とだけ呼ばれていた頃の話である。

あるとき、温羅という名の異国の鬼が、仲間を連れてこの地へ渡ってきた。

温羅は身の丈、一丈四尺（約四・二メートル）。巨軀と恐ろしい形相に誰もが震えあがり、鬼の軍勢に追われると一目散に逃げ出した。温羅は足守川《あしもりがわ》の西、新山《にいやま》に城を築き、岩屋山《いわやさん》に栖を置いた。

それゆえ周辺に住む者たちは、そこを、鬼ノ城《きのじょう》と呼ぶようになった。

温羅は乱暴極まりない鬼だった。

麗しい女人やかわいらしい童を目にすれば、すぐに自分のものにしたくなって、鬼ノ城へさらっていった。海へ出れば船を襲って積み荷を略奪する。

勝てる者は誰もいなかった。

皆、無残に返り討ちにあってしまうのだ。

あまりにも非道なふるまいが続くので、ついに大和国の朝廷が、吉備津彦《きびつひこ》という者に温羅の討伐を命じた。

吉備津彦は大軍を率いてすぐさま吉備国へ赴いた。たちまちのうちに温羅の軍勢と衝突し、激しい矢のうち合いが始まった。

ところが、お互いに弓の技に長けているので、いくらうち続けても、お互いの矢が空中でぶつかって相手の陣まで届かない。

そこで吉備津彦は一計を案じ、二本の矢を同時につがえた。力の限りに弦を引き、これまで以上に強い念を込めてひょうとうち放つと、矢は暴風の如き音を立てて飛び、その一本が温羅の片目に突き刺さった。

凄まじい声をあげて、温羅は自ら矢を引き抜いた。夥《おびただ》しい量の血が目から噴き出し、またたくまに、近くを流れる川が血で真っ赤に染まった。

不利を悟った温羅は、雉《きじ》に姿を変じて、山奥を目指して逃げ出した。

吉備津彦はこれを逃がすまいと鷹に変じ、疾風の如き勢いで雉を追いかけた。

すると温羅は今度は鯉《こい》となり、川へ飛び込んで水底に隠れた。

しかし、鵜《う》に変じた吉備津彦がくちばしでさっと鯉をくわえあげ、勢いよく河原へ叩きつけた。

温羅は鯉から鬼に戻ると、剣をひろいあげて吉備津彦に立ち向かった。

吉備津彦の剣が、真っ向からそれを受けとめる。

打ち合い、はね返し、ふたりの戦いはどうにも決着がつかなかった。温羅の勇ましさに感じ入った吉備津彦は剣をふるいながら「おとなしく我らのもとに下れ」と温羅に命じたが、温羅は受け入れなかった。

温羅は言い返した。

「おまえたちは、我がなぜこの地に留まるのか知らぬだろう。我がこの地を治めれば、穢《けが》れや禍が寄りつかぬ。我が一族が繁栄するがゆえに、奪われずに済むものや、守られる人々がいる。朝廷にはできぬことを我はやっているのだ。立ち去るべきはおまえたちのほうだ」

一理ある言葉だ。しかし、朝廷の軍を率いる吉備津彦にとっては戯れ言にすぎない。

吉備津彦は目にもとまらぬ鋭い一撃を繰り出し、剣はついに温羅の体を貫き、根元まで突き刺さった。

温羅は血を吐いて両膝をつき、どうっと地面に倒れ伏した。

吉備津彦の家来たちが温羅を取り囲み、太い手足を押さえつけた。さらに何人もの男たちが温羅の背中に乗り、重しとなった。

温羅は深手を負いながらもまだ生きていたが、吉備津彦の家来によって、その場で首を刎《は》ねられた。

ところが温羅の首は胴体から離れても、なお恐ろしい声で吼《ほ》え続けた。

吉備津彦は家来の犬飼武《いぬかいたける》に命じて、温羅の首へ向けて犬を放った。犬は温羅の首に食らいつき、肉をむしり取り、目玉を吸い出し、髑髏《どくろ》になるまで鬼の肉を貪った。

だが、髑髏だけになっても、温羅はまだ叫び続けた。

あまりの凄まじさに、これは人の力ではどうにもならぬと皆が察し、温羅の髑髏は、吉備《きび》津《つ》神社《じんじゃ》の御《お》釜殿《かまでん》の竈《かま》の下に深く埋められることになった。

八尺（約二・四メートル）もの深さまで穴を掘り髑髏を埋めたが、温羅の髑髏はまだ唸っていた。誰もが嫌な気持ちになる陰々滅々とした声で、いつまでも声をあげるのだった。

十三年の歳月が流れた。

ある夜のこと、吉備津彦の夢の中に温羅が現れ、『吾が妻、阿曽《あそ》媛《ひめ》に御釜殿の神饌《しんせん》を焚かせれば、これからは、この釜にて私が吉凶を占ってやろう』と告げた。

意外な申し出であった。

地下から出られぬと悟った温羅が、ついに、人のために働くと決めたのであろうか。

これを機に、吉備津彦の指示によって温羅の魂は御釜殿で祀《まつ》られ、占いに用いられるようになった。この釜は、いまでも神社で使われ、吉凶を占っているという――。

四

言い伝えを語り終えると、道延は机の端から湯呑みをとり、一息ついた。「釜で湯を沸かすと音が鳴るが、この音の調子によって吉凶を見るのが吉備津神社の占いだ。温羅の占いはいまでも続けられており、決して外れたことがない」

律秀が興味深そうに目を輝かせた。「なんとも生き生きとした鬼の物語ですが、話の前半分と後ろ半分では、ずいぶんと印象が違いますね」

道延は目を細めて微笑んだ。「おまえには、どう違って見えるか」

「前半分は人の話、後ろ半分は化け物の話として読めます。別々の話を、ひとつに合わせたかのようです」

「さすがにおまえは勘がいい。実は温羅という鬼は、外《と》つ国《くに》の王子であったとも言われているのだ。この言い伝えは、外つ国を鬼になぞらえたのかもしれん。あるいは、吉備国と呼ばれていた頃の土地を支配する豪族を指して、朝廷が『鬼』と呼んだとも考えられる。朝廷がこの国を統《す》べるうえで、地方の豪族は邪魔な大岩のような存在だった。妻がいて一族を引き連れていたことからも、その地で暮らす豪族の長であったと読める。温羅の正体は人、しかし、討伐するためには鬼と名づけ、書物にもそう記さねばならなかった――。これは他の地の言い伝えでもよくあることだ。ゆえに、あきつ鬼と温羅とはまったく異なるもの、由来が違うのではないかと私は思う」

「確かに」

「吉備津神社を訪れても、あきつ鬼の生まれがわかるとは限らん。ただ、まったく縁がないと言い切るのはまだ早いかもしれん。意外にも同じ方向に手がかりがあるかもしれぬ。言い伝えに囚われず広く人から話を聞き、書物を紐解かねばならんだろう。温羅が吉備津彦と互角に打ち合ったくだりからもわかる通り、大陸では古くから鉄づくりが盛んだった。我が国の鉄づくりは、それが伝わって始まったのだ。のちに我が国に固有の技が生まれ、鍛冶場が整っていったという。温羅の言い伝えは、外から来た技が我が国で育ち、外つ国にも対抗できるほど優れたものになったと伝える、深い意味を持った物語なのかもしれん」

呂秀と律秀は思わず顔を見合わせた。鉄をつくる土地でガモウダイゴに遭ったことや、鬼の言い伝えが鉄づくりで有名な地にあることに、何やら深いつながりを感じてならなかった。安易に結びつけてはならぬのだろうが、偶然とも言い難い。

道延は言った。「吉備津神社の他に吉備氏に縁がありそうなところといえば、菩提寺である真蔵寺《しんぞうじ》（※この名が、現在よく知られている「吉備寺」に変わるのは元禄年間になってから）だ。鉄づくりの場は美作《みまさか》の山奥にも少しある。おまえたちは、たたら場や神社仏閣を巡り、鉄と鬼の話を備中国の人々に訊ねてみるがいい。あきつ鬼には守りの術をほどこし、ガモウダイゴによって力を封じられぬようにせよ」

「それだけで大丈夫でしょうか」

「おまえとのあいだに主従の関係が結ばれている限り、どれほど力を持つ陰陽師でも、人の式神を我がものにすることはできん。身が危ないとすれば、それは呂秀のほうだ。呂秀が死ねば主従の結びはほどけ、ガモウダイゴはあきつ鬼を手に入れられる。新たな名を与え、凶悪な鬼に変えることもできよう」

　呂秀は青褪め、道延の顔を見つめた。「確かに、その通りです」

「まずは私が護符をつくる。呂秀はそれを肌身離さず持ち歩きなさい。律秀、おまえは呂秀から決して目を離してはならん。里ではふたりで協力しておるだろうが、これからは、もっとまわりに気をつけて、呂秀をひとりにさせぬように。警護として、力の強い者をそばに置いておく必要もある。おまえたちを襲うのは陰陽師の呪《しゅ》だけとは限らん。術をかけられた荒くれ者が刃を抜いて襲いかかってきたら、おまえたちの手には負えん。ガモウダイゴは人ならぬ妖しき者のようだが、律秀にも姿が見えたということは、人としての身も備えているのだ。油断ならん相手だ」

「では、燈泉寺の慈徳《じとく》どのに相談してみます。あの方なら武術に長けた者をたくさんご存じですから」

「それがよい。そして、備中国へ行くなら、刀工に守り刀をつくってもらいなさい」

　呂秀は戸惑い、訊ね返した。「僧である私に武具を持てと仰るのですか」

　律秀も横から口を挟んだ。「私も刀の扱い方には疎うございます。なまじ持っていると、相手に奪われたときが恐ろしいのですが」

　道延は首を左右にふった。「人を斬るための刀ではなく、破邪《はじゃ》の刀をつくって頂くのだ。それに僧でも刀を持つことはある。日蓮宗の開祖であった日蓮上人は魔除けの太刀を所有しておられた。それを抜いて人や物の怪を斬った言い伝えはなく、あくまでも御守りとしてお持ちになったのだ。柄に、常に数珠を巻きつけておられたという言い伝えから、その太刀は数珠《じゅず》丸恒次《まるつねつぐ》と呼ばれた。これを打ったのは、備中国青江《あおえ》派の刀工だ。青江派の刀工であった恒次などは、後鳥羽上皇に献上する刀を打つ御番《ごばん》鍛冶《かじ》をも務めた優れた匠だ」

「何もかもが、吉備の地にからんでくるのですね――」

「刀鍛冶といえば以前は備中国が名高かった。だが、室町殿《むろまちどの》が明との交易のために多くの刀を所望したことにより、備前国《びぜんのくに》の長船《おさふね》派のほうが勢いを増していった。ただ、先のような言い伝えがあるゆえ、おまえたちは備前国ではなく備中国の刀匠を訪れなさい。私の名で文をしたためるからそれを持参し、守り刀を二振《ふたふり》お願いするのだ。どのようなものをつくればよいのかは匠にお任せすればよい」

「数珠丸恒次は、どれぐらいの長さだったのですか」

「日蓮どのは杖代わりに使っておられたそうだから、錫杖《しゃくじょう》より少し短いぐらいだろう」

持ち歩くことはあっても抜かずに済むなら、呂秀にはありがたい話だ。柄に数珠を巻きつけておくというのも、初耳ながらしっくりとくる。身近に置いても安心できる。

律秀が訊ねた。「私のほうも、太刀をお願いすればよいのですか」

「匠が決めて下さるだろう。おまえは強い術を使えるから、もしかしたら脇差を勧められるかもしれん」

「守り刀を二振もつくるとなると、大変な費《つい》えになりますね」

「半分は私が出そう。残り半分は、おまえがしばらく都遊びをやめれば、じゅうぶんに足りるであろう」

思わず溜め息を洩らした律秀を、道延は真顔でたしなめた。「命がかかっているのだぞ。身を守れるのであれば安いものだ」

五

やるべきことをさまざまに抱え、呂秀と律秀は麓へ下りた。

その足で、燈泉寺の宿房に逗留する大中臣有傅を訪ねた。

有傅はすっかり播磨国になじみ、いまでは穏やかに暮らしていた。毎日記している星の動きの記録は、ずいぶんな量になった。それでも、まだ都へ戻ると言い出さない。よほどこの地が気に入ったのだ。

ガモウダイゴの一件を伝え、この名に覚えはございませんかと訊ねたが、道延と同じく有傅も首をひねった。「ガモウダイゴとは聞かぬ名だ。少なくとも、いまの陰陽寮にはおらぬ」

「既に辞めておられるか、地方へ下ったかもしれません。そのあたりまで調べることはできますか」

「できんことはないが、都へ戻って、倉の書物を紐解いてみんことにはな」有傅は腕組みをして考え込んだ。「私は播磨国には長くは留まれぬ身だ。もう少し星の記録をとるために滞在をのばしたこともあり、このような件で都とこちらを往復して日々を無駄にしとうない。かといって、そなたたちだけで都の陰陽寮を訪問しても、門前払いを食うだけだ。したがって、三郎太《さぶろうた》を都へ遣いとして出し、大中臣の一族に倉を調べさせるのが最も早い。依頼の文をしたためるので、しばらくお待ち願えるか」

呂秀たちは礼を言い、有傅が文を書き終えるまで待った。

有傅は筆を手にとり、さらさらと文をしたためた。墨が乾いてから裏紙を併せて巻き、切封をほどこし、封紙に収める。三郎太を呼び、文を手渡して言った。

「陰陽寮の大中臣正信《おおなかとみまさのぶ》さまに、これをお渡ししてくれ。都合がよければ、正信さまはすぐに倉の書物を調べて下さるはずだ。少々時間がかかろうから、おまえは辛抱強く返事を待ちなさい。正信さまから返信を頂いたら、すぐに京を発ち、ここへ戻ってくるのだ。わかったな」

三郎太は頭を下げ「かしこまりました」と答えた。「一日も早く戻れるように努めます」

「馬を飛ばしすぎて怪我をするでないぞ。銭を少し持たせてやるから、道中で危険を感じたときには信頼できる者を雇い、警護を頼むのだ」

その夜、呂秀と律秀はようやく薬草園の草庵に戻り、粥をつくって食すと、明日からに備えて床についた。

律秀が眠りに落ちても、呂秀はしばらく目をあけていた。

部屋の暗がりの中に、あきつ鬼の姿がぼんやりと見える。

こちらを向いており、何かを口にしたげな様子だが、話を切り出すのをためらっているようにも見える。

「あきつ鬼」と呂秀は声をかけた。「ガモウダイゴと出遭ってから口数が減りましたね」

「昔のことを思い出していた。道満さまと暮らしていた頃を」

「私は一度も聞かせてもらっていませんね。ちょうどいい機会だから、少しでも話してくれますか」

「うむ。わしも、そのつもりだったのだが、いろいろと思い出すにつれて、少し不安になってきてな」

「不安とは」

「この地で、道満さまと過ごした日々はよく覚えている。人々を困らせる物の怪どもを退け、病者には薬を方じ、貧しい者には米や芋や豆をたくさん分け与えた。死者は丁重に弔い、この世に想いを残してさまよう霊を見つければ回向《えこう》によって成仏させ、遺された子や親兄弟の心を慰めて力づけた。あれほど楽しい日々はもう二度と訪れまい。まぶたを閉じれば、いまでもあの頃の光景が目に浮かぶ。道満さまは、わしを我が子のように大切にして下さった。物知らずなわしに道理を教え、罪を罰するだけでは人は救われず、まことの意味で人を救うとはどういうことなのかと、繰り返し教えて下さった」

「その頃、おまえはなんと呼ばれていたのですか」

「昔の名はもう忘れた。おまえが新たな名をつけてくれたから、古い名は消えてしまったのだ」

それは正しい理屈ではあったが、呂秀はわずかに寂しさを覚えた。

道満さまが与えた名を知りたいとふと思ったのは、あきつ鬼を人のように扱いたいと感じる己の心に気づいたからである。

あきつ鬼をガモウダイゴに奪われるかもしれぬと気づいた瞬間、呂秀の中に強烈な我欲が生まれた。この鬼を誰にも渡したくない、あきつ鬼は自分だけのものだという思いが。

これは本来、僧が持つべき心の在り方ではない。ただの恥ずかしい執着である。人は邪《よこしま》なものに触れると簡単に惑うと知り、呂秀は揺れていた。だが、まだ口には出していない。誰にも語っていない。兄にすら聞かせられぬ想いだ。

あきつ鬼は続けた。「わしが忘れたのは古い名だけではなさそうだ。道満さまと出会う前のことを何ひとつ思い出せぬ」

「おまえは式神なのですから、道満さまがこの世に生み出した瞬間からしか、この世には存在しない。それ以前は何も――」

「いや、ガモウダイゴは、わしを『吉備国の生まれだ』と言い切ったではないか。道満さまと出会う前のわし、というのがあったに違いないのだ」

「道満さまも、誰かから、おまえを引き継いだということですか」

「そこがわからん。道満さまと出会う前のわしとは、いったいなんなのだ。わしは、なぜ道満さまと主従の関係を結んだのか。そこから向こうが霧に包まれて何も見えん」

「私は、おまえが過去に触れられたくなくて、わざと黙っているのだと思っていました」

「違うのじゃ。何も覚えておらぬのだ。ガモウダイゴに言われるまで、まったく気にせず暮らしていた。これは、いったいどうしたことか。そう考えた瞬間、胸の奥がひんやりとして体が震えてきた。こんな気持ちは初めてじゃ」

「おまえほどの者でも怖いと感じるのですか」

あきつ鬼はまた黙り込んだ。わかっていることではなく、わかっていないことに怯える――。人が恐れを抱くときと同じだ。姿形は鬼であっても、あきつ鬼が人とよく似ているのは、道満さまとの暮らしが長かったせいだろうか。

呂秀も、しばらく沈黙を守った。

初めて出会ったとき、あきつ鬼は自ら身の上について話してくれた。

道満さまは都から呼ばれたとき、あきつ鬼を宮中の政争に巻き込ませたくないと考え、故郷の井戸に封じ込めていったという。供をさせなかった理由として、これは自然なものである。だが、ならば京から戻ってきたとき、なぜ、すぐにあきつ鬼の封印を解かなかったのか。反逆の罪を着せられ、二度と都には行けないとわかっていたのだから、その足で井戸へ行き、封印を解いてあきつ鬼を自由にしてもよかったはずだ。

ところが、道満さまはそうしなかった。

あきつ鬼を井戸に封じたままにしていた。

のちに道満さまは、都から追ってきた陰陽師と山中で戦い、相討ちとなって死んだと伝えられている。

この陰陽師は安倍晴明《あべのせいめい》であったという言い伝えもある。真偽は不明だが、播磨国の山奥には、道満さまと晴明のものとされる墓が、少し離れた地にそれぞれあるのだ。

都人から反感を買った以上、恨まれるあまり、いつか都の者に討たれるかもしれないという予想はしていただろう。播磨国で再び法師陰陽師であり続けるなら、あきつ鬼は必要な式神であったはずだ。井戸の封印を解かなかったのは不思議だ。

封印を解く前に、都の陰陽師が播磨国に到着してしまったのだろうか。あるいはその陰陽師は、先回りして播磨国に入り、道満さまの帰郷を待ち伏せしていたのかもしれない。もしそうなら、井戸の封印を解く暇がなかったのもやむを得まい。道満さまは、あきつ鬼に対する心残りを抱えたまま、都の陰陽師との対決で斃《たお》れたことになる。

だが、ガモウダイゴの言葉を掘り下げていくと、別の解釈も見えてくる。

あきつ鬼の古い記憶を封じたのが、道満さま自身だったとしたら。

井戸に封じたのは、最初から、もう二度と外へ出さぬと覚悟のうえだったとしたら。

もしかしたら――と呂秀は考える。

式神としての力の強さを、道満さまも危ぶんでおられたのではなかろうか。

あきつ鬼は、もとは主がおらずともこの世に存在できる者で、手にする相手によっては、恐ろしい武器になってしまうのではないか。ガモウダイゴが固執していることからも、そう考えることができる。

道満さまが出会った頃のあきつ鬼は、もしかしたら、あらゆる災厄をもたらす禍津日神《まがつひのかみ》に近いような存在で、誰もが手を焼いていたのかもしれない。そこで道満さま自らが、あきつ鬼を式神として配下に置いたのではないか。誰かがあきつ鬼を戦の場で使えば、夥しい数の骸《むくろ》が野に溢れることになってしまう。心優しい道満さまは、それを見過ごせなかったはずだ。

自分の力であきつ鬼の本来の力を弱め、人を助けられる鬼に変えた――。あり得ることだ。

井戸に封じたのは、自分の身にもしものことがあった場合、以後、誰もあきつ鬼に触れないようにするためだったのではないか。

あるいは、特定の条件がそろったときだけ、あきつ鬼が自由になれるようにしておいたのかもしれない。あきつ鬼を蘆屋の一族だけに引き継ぐことを考えていたのであれば、これは当然の手段だ。四百年あまりのち、あきつ鬼は呂秀を訪れた。これを、何かが「そろった」結果だと考えると、井戸に封印をほどこした道満さまの意思が見えてくる気がする。

式神は主が命じた通りにしか動けない。呂秀自身が人を傷つけたり悲しませたりすることを嫌うので、あきつ鬼もそれに従い、自然に力が抑えられる。

道満さまがあきつ鬼を戦の道具にしないことを望んだのであれば、自分もそれを引き継ぐべきだろう。決して、ガモウダイゴに渡してはならないのだ。

呂秀は、あきつ鬼に向かって言った。「わからぬことを考え続けても、なんの益にもなりません。とにかく備中国へ行きましょう。おまえの素性と関わりがありそうな人や書物を探すのです。おまえをガモウダイゴから守るための呪は、兄と私とでじっくりと考えます。少々手間がかかるでしょうから、おとなしく待っていなさい」

「大丈夫なのだろうな」

「主と式神とのあいだに強い絆があれば、守りの呪は決して壊れません。私を信じなさい。いまのおまえの主は私です。他の誰でもなく、この私です」

あきつ鬼は立ちあがり、呂秀の傍らに腰をおろした。

これまで見たこともない神妙な顔つきで、呂秀をじっと見つめた。「では、おまえたち兄弟の厚意に甘えさせてもらうぞ。おまえこそ身辺に気をつけてくれ」

「兄がいれば大丈夫です。安心なさい」

六

それから何日もかけて、呂秀と律秀は、あきつ鬼を禍から守るための呪について熟考を重ねた。強い力を発揮する文言を選び、複雑に組み合わせて一枚の御札をつくりあげた。

呂秀は、それをあきつ鬼に手渡した。「これを常に肌身につけ、決して離さぬように」

「わしは人と違い、衣をまとっておらぬぞ」

「肌にあてれば霊力でぴったりとはりつきます」

呂秀があきつ鬼の胸元に御札をはりつけると、それは鱗に似た赤い肌に吸い込まれてゆき、記された文字だけが肌に浮かびあがった。

きらきらと輝く文字を指先で辿りながら、あきつ鬼は、「おお、これはなんとも不思議な呪じゃ。触れると冷たさ熱さを同時に感じる」と驚嘆の声を洩らした。

呂秀は続けた。「旅では何が起きるかわかりませんから、これはおまえを守るだけでなく、おまえの声を人に伝えさせることもできます。見知らぬ人にものを訊ねたり、誰かに助けを求める必要が生じたりしたときには、ためらわずにこの力を使いなさい」

「では、これを使えば、人としての声を、おまえの兄に届けることもできるのか」

「いいえ、兄にはおまえの声は依然として聞こえません。術の仕組みを知っているがゆえに、兄自身がその術にかかりはしないのです。まことのおまえの声も、呪がつくり出すまやかしの声も、兄の耳にはまったく届きません。理に従うとそうなるのです」

次は護衛を求めて、燈泉寺へ行かねばならない。慈徳に、頼りになる者を紹介してもらうのだ。

呂秀と律秀は草庵から外へ出た。

直後、空がにわかに掻き曇った。

彼方から雷鳴まで響いてくる。

燈泉寺がある方角の空が、他のどこよりも暗く淀んでいた。

雷雲が遠のくまで待つべきだろうか。そう思って様子をみていると、雲はますます黒さを増し、みるまに頭上まで達して稲光が閃き始めた。

「これはいかん、草庵へ戻ろう」律秀が呂秀をうながした。「落ちるぞ。家に隠れねば」

「わかるのですか」

「ぱっと輝く光と雷鳴は、同時ではなく、少し差があって届く。その差が短いほど雷は近くに落ちやすい。繰り返し記録をとっているうちに気づいたのだ。いまのは、だいぶ近かった」

ふたりは踵《きびす》を返し、来た道を戻った。雨もぱらぱらと落ちてきた。律秀が語ってくれた理屈はよくわからなかったが、こういうときには兄の言葉を信じるに限るのだ。

ふたりで一緒に駆け出した直後、耳をつんざく大音響と共に、呂秀の眼前に真っ白な光の海が広がった。

何が起きたのかわからぬまま、体がゆっくりと倒れていった。

鼻の奥に、微かに甘い香りを感じた。

どこかで嗅いだような懐かしい匂いだった。


気がつけば草庵の中だった。

呂秀は小袖をかけられて仰向けに横たわっていた。

薄暗いが、まだ夜ではない。

陽はまだ西の空にあるようだ。

見慣れた天井の木目や汚れがはっきり見えるので、目はつぶれなかったらしい。

身を起こそうとした瞬間、体中が痛んだ。

特に右の足首がひどかった。腫れている。

力を入れて起きあがろうとすると痛みがはしった。

律秀が板の間に駆け込んできて、呂秀の体を支えた。「まだ起きてはいかん。もうしばらく眠っておれ」

「何が起きたのですか」

「我らの間近に雷が落ちたのだ。私も足下がびりっと痺れたが、尻餅をついただけで無事だった。おまえは一瞬、姿が見えなくなるほどの強い光に包まれてな。光が消えるとあたりには黒い煙が漂い、おまえは地面に倒れていた。雷に打たれたのではないかと肝を冷やしたぞ」

「直《じか》に落ちたら――」

「これぐらいでは済まん。命を失っていたはずだ」

ぞわっと背筋が震えた。備中国へ旅立とうとした矢先に難に遭うとは、偶然とは思えなかった。ガモウダイゴの呪いなのか。

「倒れたときに右足を捻っている。薬を塗って動かぬように布でしばった。ぬるくなってきたら、すぐに取り替える。腫れをひかせ、痛みを抑える丸薬もつくっておいた。しばらく飲み続けろ」

律秀は土瓶から椀に水を注ぎ、丸薬と共に呂秀に手渡した。

苦い丸薬を口に含み、椀を傾けて一息に飲み込んだあと、「そういえば」と呂秀はつぶやいた。「気を失う寸前、甘い香りを感じました。雷に打たれると、そういうことがあるのでしょうか」

律秀は首をひねった。「初めて聞く話だな」

部屋の隅から、あきつ鬼の声が響いた。「おまえの身代わりとなった者がいる。あとで礼を言っておくがいい」

呂秀はそちらを向き、あきつ鬼の姿をみとめた。「いま、なんと」

「わしにはあの速さは真似できぬ。さすが、普段からよく舞っておる者だ」

「いったい、どなたが」

あきつ鬼の隣に、ぼんやりとふたつの影が浮かびあがった。

見覚えのある姿に、呂秀は、あっと声をあげた。

兄弟のように似通った顔立ちの、見目麗しい者がふたり立っていた。天女の如く全身が輝き、そこはかとなく甘い香りを漂わせている。薬草園の奥に生える桜と梨が、人の姿をとって現れたのだ。

昨年、春先に梨の木が弱り始めたときに、梨と一緒に育った桜の木の精が、この姿で呂秀たちに助けを求めた。梨の木は虫に幹を食い荒らされ、勢いを失っていた。

律秀が漢薬を調合して虫の穴に流し込むと、梨の木はすぐに活力を取り戻した。後日、桜と梨の木の精はあらためてそろって姿を現し、命を救ってもらったお礼に、このうえなく美しい舞を呂秀たちのために披露してくれたのだ。呂秀もそのときに共に舞い、人ではないものとの交流をひとときを楽しんだ。

呂秀はふたりに声をかけようとして、はっとなった。

桜と梨の精は、ふたりとも装束の胸元が大きく裂け、衣のあちこちが焼け焦げている。

「どうしました。誰かに襲われたのですか」と呂秀が訊ねると、ふたりは首を横にふり、心配はいらぬので安心してほしいと仕草で訴えた。

そして、現れたときと同じく、ふっと消えてしまった。

あきつ鬼が言った。「おまえは当分動けぬだろうから、兄に桜と梨の木を確かめさせるといい」

胸騒ぎを覚えた呂秀は、律秀にあきつ鬼の言葉を伝えた。

律秀は何かに気づいたのか、「しばし待て」と言い残し、土間で草鞋を履いて草庵の外へ駆け出した。

しばらくして戻ってきた律秀は、「桜と梨の木の幹に大きな疵《きず》がついていた。こんなふうに」と言って、自分の胸元を指し、上から下へ指先を斜めに走らせた。「雷が走り抜けたかのような痕だった」

「では、あれは」

「おまえの父が持たせた護符と共に、桜と梨の精が雷からおまえを守ってくれたのだ。霊力で雷をはじいたものの、避けきれなかったのかもしれん」

「大丈夫なのでしょうか。このまま枯れてしまったら――」

「ひどい疵ではなかったから、『心配は無用』とおまえに知らせに来たのではないかな。私もしばらく注意を払っておくので、何かあれば桜と梨に薬を方じよう。父上から頂いた護符のほうはどうだ」

呂秀は、はっとなって懐から護符を取り出した。こちらも雷が走り抜けたように、黒焦げの疵が斜めに走っていた。

「これはもう使えん」と律秀は言った。「私が焚き上げておこう。新たな護符は私がつくるから少し待っておれ。しかし、この容態では、しばらく備中国へは行けぬな。かといって私がひとりで行くのもまずい。おまえのそばから離れるわけにはいかん」

呂秀は考え込んだのち、あきつ鬼に目をやった。「あきつ鬼、備中国へはおまえが先にひとりで行っておくれ。鬼の言い伝えを調べることは、おまえが先に片づけておくのです。我らは刀匠を訪れるだけにします」

あきつ鬼は言った。「刀をつくるには時も手間もかかる。匠には、先に事情を知らせておいたほうがいいのではないか」

「私が文にしたためます。父の文と一緒に、それを匠に渡して下さい」

「門番に渡しても、つないでもらえるとは限らんぞ」

「人を介して渡すのではなく、匠の目につくところに置いておきなさい。匠は目を通したら、なんらかの対応をなさるでしょう。様子を見て、次の手段を考えなさい。文には、私の怪我が治り次第、必ず備中国を訪れますと書いておきます」

「それでよいのなら易きことだ。文が仕上がったら教えてくれ。わしはそれまで草庵のまわりに目を光らせておこう。備中国へ旅立ったら、律秀に、薬草園を丸ごと守る結界をはらせるのだぞ。わしひとりであれば疾風の如く野山を駆け回れるから、調べものにはそれほど手間はかからぬだろう。帰るまで、なんとか持ちこたえてくれ」

「わかりました。兄と相談して、強い結界をつくります」

第三話

遣《つか》いの猫

一

守りの呪《しゅ》をかけられたあきつ鬼は、「では、行ってくる」と勢いよくつむじ風を起こし、備中国へ向かった。

薬草園にも守りの壁がもうけられた。草庵と畠だけでなく、桜と梨の木も含めてこの地をすべて包み込む呪である。知り合いの農人ならば自由に出入りできるが、邪悪なものは一歩も立ち入れない。

律秀に任せきりにするのではなく、呂秀も朝夕に護摩《ごま》を焚いて守りを固めた。

これが功を奏したのか、あきつ鬼がいなくなっても、呂秀たちに禍を与えるものは訪れなかった。

三日目の早朝。

寝床から起きあがった呂秀は、囲炉裏のそばへ行くと膝をついた。灰に埋めておいた熾《おき》を火箸でつまみあげる。

足の痛みはだいぶましになった。ひとりで立ちあがれるし、歩ける。馬を使えば村の見回りぐらいはできそうだ。

あらためて火をおこすために小枝や薪を足していく。

ほどよく燃えてきた頃、何かが草庵の戸を叩く音を耳にした。

呂秀は土間の向こうの戸口を見つめた。

空耳かと思ったが、しばらくすると、また聞こえ、がりがりと先の鋭いもので引っかくような音まで続いた。

あきつ鬼が戻ったのであれば勝手に入ってくるはずだ。

畠を手伝ってくれる農人は、まだ自分たちの畠の手入れをしている時刻だ。朝一番に来るわけがない。

寝所から出てきた律秀が、呂秀の傍らに寄り添い、険しい表情で戸口を見つめた。「私が出る」

「結界を破った物の怪かもしれません」

「承知のうえだ」

「私も共に」

「動きが鈍いおまえを守るのは難しい。ここは任せてくれ」

律秀は忍び足で戸口に近づき、外へ向かって声をかけた。「どなたさまですか」

すると、歳を経た男のような落ち着いた声が、囲炉裏ばたの呂秀の耳にまで届いた。

「吾《あ》は瑞雲《ずいうん》と申す者。備中国の刀工、青江《あおえ》政利《まさとし》より言葉をあずかって参った。戸をあけられよ」

ああ、これは——と、呂秀は直感した。

物の怪ではない。以前ここを訪れた白狗《しろいぬ》と同じく、神さまの気配がある。

呂秀は律秀に伝えた。「兄上、客人をお通し下さい。戸口におられるのは神さまです」

「なんだと」

「兄上にも声が聞こえましたか」

「いいや、何も」

「いつぞやの白狗さまは人の姿をとられたので、兄上にも声が聞こえたのでしょう。今日は違うようですね」

「人ではない姿で来られたのか」

「おそらく」

律秀は戸口のつっかえ棒をはずし、声をかけながら戸を開いた。「遠方より恐れ入ります。何もございませんが白湯ぐらいは——」

と言ってあたりを見まわしたところで、律秀は不審げに眉根を寄せた。

足下に一匹の猫が座り、律秀を見あげていた。

仔猫でも怪猫でもない。

都の貴人が喜んで飼う、よく見かける大きさの猫である。

瞳は金色に輝き、体の毛は白を通り越して銀色に近い。額と胴体には麗しいばかりの薄紫色の縞模様がはしっていた。透き通るような毛なみが、ときおり虹色の煌《きら》めきを放つ。

縞猫はしなやかな身のこなしで悠然と戸口をくぐり、土間から板の間へ跳びあがった。

囲炉裏ばたの呂秀に近づき、座り込んで呂秀を見あげて、ねう、と鳴いた。

律秀が呆れつつ戸を閉める。

呂秀は姿勢を正して両手を床につき、縞猫に向かって頭を下げた。「兄には、あなたさまはただの猫にしか見えません。しかし、私にはまことのお姿が見えております。本来ならば私どものほうから出向くべきところ、ご足労頂きまことに恐縮でございます。あきつ鬼の身に何かありましたか」

縞猫はすうっと目を細めて言った。「鬼は元気じゃ。心配はいらぬ」

呂秀は律秀に訊ねた。「瑞雲さまのお声が聞こえますか」

律秀は渋い顔をして「聞こえん」と答えた。

呂秀と違って物の怪が見えず、その声も聞こえぬ律秀である。猫の姿を見て、ますますその機を失ったのだろう。『獣が人の言葉を喋るわけがない』という考えに囚われ、耳がふさがれるのだ。

律秀が言った。「人の姿をとって頂くようにお願いできぬのか」

「わけあって、この姿をとっておられるはずです」

「では、おまえが話を聞いて、あとで私に教えてくれ」

「わかりました」

ふたりの会話を聞いていた縞猫は、満足げにうなずき、口の両端を微かに吊りあげた。

長い尾が別の生きもののように艶《なま》めかしく動く。

呂秀の耳に再び厳かな声が響いた。

「鬼が持ってきた文は確かに受け取った。いつのまにか机の上に現れた文を青江政利は不審に思い、すぐに近くの神社に持ち込んだ。悪意によって送られたものであれば、読めば己に呪がかかってしまうからな。宮司は廣峯神社の名とそなたらの父の名を確かめ、記された事柄の重要さもすぐに理解した。政利には『この地を守る神に願い奉るので、現れた神が仰る通りにして下さい』と教え、すぐに祈禱を始めた。吾は、そのようにして呼び出されたのだ」

「では、瑞雲さまは備中国を守る神々の一柱なのですね」

「さよう。国の西方を守護しておる」

「我らが直におうかがいすべきところ、悪しき者から禍を受けてこの有様です」

「よくわかっておる。ただ、守り刀をつくるからには、そなたらにじゅうぶんな徳があるかどうかを見極めねばならん。邪《よこしま》な心を持つものに、強い力を持つ刀を与えるわけにはゆかぬからな。刀匠からは、そなたらの人柄がわかり次第、すぐに刀を打つという言葉をもらっておる。ゆえに、吾はしばらくこちらに逗留し、そなたらの暮らしや勤めを眺めさせてもらう」

「承知いたしました」と呂秀は答えた。「何もない場所ですが、好きなところでお休み下さい。お供えはどうすればよろしいですか。御神酒や塩だけでじゅうぶんでしょうか」

「吾はこちらには留まらぬ。そなたらは法師陰陽師や薬師として忙しい。吾が面倒まで見なくてよい。近くの寺に都人が逗留しておるから、あちらで世話になろう。ただし、吾が目は常にそなたらを見つめておるからな」

「寺にいる大中臣有傅どのは星を観る方です。神さまをお祀りすることには慣れていないと思われますが」

「それでよい。吾はただの猫として有傅どのに飼われるのだ。そのために、この姿をとっておる」

「では、私どもがお連れいたしましょう」

「気づかうな。ひとりで行くほうが、まことの猫らしくてよい」

瑞雲はふふっと笑うと、囲炉裏端から土間におりた。

戸口の前で控えていた律秀に向かって、また、ねうと鳴き、後ろ脚で立ちあがって背伸びし戸板を引っかいた。

律秀はすぐに戸をあけた。瑞雲は満足そうにうなずき、外へ出ていった。

刹那、縞猫の姿はふっと掻き消えた。

呂秀は瑞雲と語った内容を律秀に伝えた。

律秀は目を丸くして溜め息を洩らした。「まさか猫の姿でお見えになるとは。有傅さまは猫を怖がったり嫌ったりしないだろうか。邪見《じやけん》にせぬとよいのだが」

「心配です。様子を見に行きましょう」

「馬と荷車を借りてくる。おまえはそれに乗れ。私が手綱をとろう」

二

律秀が馬に荷車を牽《ひ》かせて燈泉寺を訪れると、門を開いた若い僧は目を丸くした。荷車の上の呂秀に向かって、「どうなさったのですか。具合がお悪いのですか」と訊ねた。

「失礼をお許し下さい。怪我をしまして、長い道のりを歩けぬのです」

「それは災難でございますね。和尚《わじよう》さまは本堂におられますが、階《きざはし》はのぼれますか」

「ゆっくり歩けば大丈夫です」

呂秀と律秀は貞海《じようかい》和尚に挨拶し、今日までの諸々について語った。

和尚は険しい顔つきで、「それは間違いなく悪しき者の仕業であろう」と言った。

呂秀は続けた。「雷だったのは幸いで、これが人による襲撃であれば私には避けようがありませんでした。慈徳さまのお知り合いで、武術の心得がある方を雇いたいのです。旅立つ前から用心しておきたいので」

「ならば、いっそ慈徳本人に守らせよう。腕に覚えがあるだけでなく、僧としても優れておる。妖しきものには法力も使える。普通の若衆の倍は役に立つはずだ」

「寺の警護が手薄になってしまいます」

「慈徳以外にも手練れはおるし、こちらには僧が山ほどいる。心配はいらぬ。遠慮せずに慈徳を連れていきなさい」

和尚はそばに控えていた若い僧に声をかけ、慈徳を呼びに行かせた。

しばらく待つと、慈徳が本堂に入ってきた。寺の小坊主たちのまとめ役であり、身の丈六尺（一八〇センチメートル）もある豪傑だ。しかし、心根は優しい。

和尚は慈徳に、これまでの経緯を話して聞かせた。慈徳は「承知いたしました」と答え、呂秀たちのほうへ向き直り、拳を己の胸にあてがった。「私が警護につく以上、心配は無用だ。山法師（比叡山延暦寺の僧兵）にも劣らぬ働きをしてみせよう。薬草園におるあいだは畠仕事も手伝うぞ」

呂秀と律秀は深々と頭を下げた。「よろしくお願いいたします。大中臣有傳どのとも話をしたいので、あとで合流しましょう」

呂秀と律秀は本堂から出て、有傅が逗留する宿房へ向かった。

部屋の前で膝をつき、閉じられた襖の向こう側へ呼びかけると、妙に明るく「ああ、入りなさい」と有傅の声が応じた。

入ってみると、有傅と猫が床に寝転がっていた。麗しい毛なみの縞猫だ。お互いに似たような格好で横たわり、心地よさそうに手足を伸ばしている。

有傅はとろけるような表情で、縞猫の顎の下を指先でなで、熱心に話しかけていた。猫のほうも、まんざらではない顔をしている。

あまりにも幸せそうな様子に、呂秀も律秀もあっけにとられ、もう少しで噴き出すところだった。

懸命に笑いを押し殺し、有傅の傍らに腰をおろした。

姿は少し違うが、間違いなく、この縞猫が瑞雲なのだろう。

——これがただの猫ではなく神さまだと知ったら、有傅どのはどんな顔をなさることか。

ふたりと目が合った縞猫が、口の両端を吊りあげ、自慢げに、ねう、と鳴いた。

都人を籠絡《ろうらく》することなど容易である、と言わんばかりの態度である。

律秀は笑いを堪え、わざと真面目な調子で訊ねた。「有傅さま、その猫は」

「ふと気づけば廊下におったのだ」有傅は続けた。「寺に迷い込んできたのであろう。書物に爪を立てられてはかなわぬと思ったが、猫のほうからすりよってきてな。私が座ると自分から膝に載ったりする。たいそう人懐こいところをみると、誰かに飼われていたのかもしれん。頭をなでてやると丸くなって目を閉じる。あまりに可愛ゆうて、今日はもう書を読む気にもなれぬ。ずっとこうしておるのじゃ」

「ここで飼うのでございますか。皆に迷惑がかかりませんか」

「ならば、紐をつけて出歩けぬようにしよう」

「猫に紐をつけるなど聞いたことがありません。犬でも気ままに外を歩いておりますのに」

「ふふん。やはり播磨国は田舎だな。宮中では平安の世の頃から、猫には紐をつけて飼うものと決まっておる。毎朝の餌は人が用意し、ときおり鼠を追わせるのだ」

するとすると律秀は、常日頃と同じく、遠慮会釈もなく言ってのけた。「それは宮中でのしきたりのほうが古く、田舎での飼い方のほうが理にかなっているのではありませんか。猫は倉の穀物を食い荒らす鼠を狩ってくれるのですから、紐などつけず、放し飼いにするほうが正しいはずです」

有傅は不愉快そうに眉根を寄せた。「鄙《ひな》びた土地の者は、やはり、もののあはれがわからぬのだな。愚かなことよ」

律秀がむっとして何か言い返しそうになったので、呂秀は、すぐにふたりのあいだに割って入った。「この猫は、なんという名でございますか」

即座に機嫌を直した有傅は、「『しろね』じゃ」と答えた。「この見事な毛なみにちなんで名づけた。白銀《しろがね》をも思わせるこの透き通った色――めったに見られぬものだ。都へ帰るときには、しろねも一緒に連れていく」

「そこまで気に入られましたか」

縞猫がまた、ねう、と鳴いた。

次の瞬間、縞猫の姿がふたつに分かれた。

呂秀は己の目を疑った。何かの見間違いかと思ったが、同じ模様の二匹の猫が、片方はそのまま有傅になでられており、もう片方は、呂秀のほうへ向かってしなやかに歩いてくる。近づいてくる猫のほうが輝きが強く、人を見据える独特の眼差しから、まことの瑞雲だとわかった。

有傅と律秀は、猫が二匹になったことに気づいていないようだ。

呂秀は心の中で瑞雲に呼びかけた。「あちらの猫は、瑞雲さまの配下のものですか」

「うむ。見目のよい縞猫をそこらでみつくろい、吾が依代《よりしろ》とさせてもらった。有傅のそばにいるときには、吾は、あの猫の中で休ませてもらう。用があるときだけ、このように外へ出てそなたと話そう」

「なぜ、そのように手間のかかることを」

「吾が有傅どのに実体を見せてしまうと、この場を留守にしたとき、有傅どのは『猫がいなくなった』と大騒ぎするであろう。案の定、都へ連れ帰りたいとまで言い出した。連れて帰れる実体を授けておいて正解であった。あやつに、吾とただの猫の区別はつくまい」

瑞雲は呂秀の耳にしか聞こえない声で、ふふっと笑った。「この都人は、もはや吾が下僕だ。身の回りの世話はすべて担わせるゆえ、そなたらは安心して己れの務めに励め」

呂秀は軽くうなずき、心得ましたと伝えた。

有傅が「ところで」と呂秀たちに言った。「そなたたち今日は何用だ。三郎太が都から戻るのは、もう少し先であるぞ」

「不可解な出来事がありまして、和尚さまに相談に参りました」

「そなたたちでも解決がつかぬことがあるのか」

「このたびは少々やっかいで、慈徳さまにも手伝いをお願いしたく思い」

そのとき、襖の向こうから若い僧の声が聞こえた。「律秀さま、呂秀さま。寺を訪れた農人が、おふたりにお目にかかりたいと申しております」

「どのようなご用件ですか」

「東の村で疫病が出たと。村人が何十人も倒れているようです」

呂秀は律秀と顔を見合わせ、うなずいた。「わかりました。すぐにお話をうかがい、病者を診ます」

三

本堂に通された農人の話から考えるに、村人たちは、食べ物か飲み水にあたった様子であった。

激しい腹痛があり、腹を下し、体が熱を帯びて寝床から起きあがれなくなるという。

薄い粥すら喉を通らず、白湯《さゆ》を与えても吐いてしまう。何をどうすればよいのかわからないと、農人は泣きながら訴えた。

呂秀は農人をなだめつつ、訊ねた。「皆、一斉に倒れたのですか。それとも、少しずつ病者が増えていきましたか」

「あっというまに皆が苦しみ始めたので、初めは、毒きのこでも食ったのかと思ったほどでした」

「亡くなった方は」

「まだ誰も。でも、あれでは、いつ死人が出てもおかしくありません」

律秀が横から割り込んだ。「あなたは村の絵図を描けますか。井戸を中心に、どこに誰の家があり、馬はどこにつないでいるか」

「おおよそであれば」

律秀は素襖の懐に手を入れ、折りたたんだ紙と、細長く巻いた布を取り出した。床の上で紙の折り目を広げながら続けた。「井戸は村の中にひとつだけですか」

「はい」

「場所は」

「古いものがひとつ、村をつくったときからあります」

巻かれた布の中には木炭があった。律秀は木炭を手にとり、農人が指さす位置に『井』と記し、丸で囲んだ。「近くに水を汲める川は」

「だいぶ離れておりますがあります」

「そこの水も飲みますか」

「井戸から湧く水が美味《うま》いので、それ以外は飲みません。甕《かめ》には雨水も溜めておりますが、これは手足や農具を洗うときに使います」

律秀は農人に木炭を渡して、それぞれの家の場所を紙に描き込むように指示した。「木炭は墨と違ってこすれば線を消せますから、間違っても気にせず、思い出せる順に書いて下さい」

農人は木炭を受け取ると、ぎこちない仕草で紙に最初の線をひいた。ここは家、ここは馬小屋、と声に出しながら歪《いびつ》な丸を描いていく。木炭をはしらせているうちに慣れてきたのか、最後には長い線を三本引いて「これが川」「ここから水路をつくって田畠に水を」と詳しく語った。

　律秀は農人から木炭を返してもらうと、描かれた丸の傍らに、順々に名を書き加えた。

「なるほど、だいたいわかりました。薬をそろえますので、しばらくお待ち下さい。ちょうど馬を連れておりますから、一度にたくさん運べます」

　薬草園へ戻って薬を持ち出すのでは手遅れになると考えた律秀は、貞海和尚に許しを得て、寺の療養院から薬を借りると決めた。寺で足りなくなった分は、薬草園の草庵に取りに行ってもらえばいいのだ。

　また、村人の大半が倒れていることから、自分たちだけでは対処できないと考え、慈徳に手伝いを頼んだ。呂秀が怪我のせいで素早く動けず、荷物や病者を運べないためでもある。

　慈徳はすぐに承知し、療養院の倉から薬の運び出しを始めた。

　律秀は慈徳に言った。「知らせをくれた者の話から考えるに、病の原因は井戸の水にありそうだ。ならば、その水さえ飲まなければ、村へ行っても病気にはならぬ」

「確かか」

「病者を診れば確信を得られるだろう。慈徳どのは、近くから若衆を集めてくれ。夥《おびただ》しい量の薬を煎じるには、安心して飲める水がいる。それは川から運ばねばならん。各戸をまわって薬を病者に飲ませるのも大変な手間だ。一斉にやらねば、あとまわしになる者の容態が悪化する。手分けできるように、どうしても人手がほしいのだ」

「わかった。若衆とは普段から付き合いがあるから、すぐに集められる」

「薬草園にはしばらく戻れぬので、こちらの僧たちに管理を任せたい。なぎさんたちは、これから田畠が忙しい時期だ。これ以上は頼めぬ」

「では、若い僧たちを順番に薬草園の当番にあてよう。よい修行になる」

四

律秀は農人に手伝わせ、荷車に漢薬の箱を積み込んだ。呂秀は荷の隙間に腰をおろした。慈徳の呼びかけに応じて若衆が十人ほど集まると、律秀は馬の手綱をとり「では行こう」と皆に声をかけた。

村へ導いてくれる農人が先頭を歩き、慈徳は樫《かし》の木からつくった使い慣れた棒を担いですぐあとをついていく。道中で怪しき者が現れれば、まっさきに飛び出して打ち据えるためである。若衆もそのあとに続く。

幸い、なんの怪異とも遭遇せず、一行は村へ到着した。

人影の絶えた村は、見まわすだけで寒けを覚えるほど静かだった。

目に見えぬ邪悪な気配が漂っているかのように感じられた。人の呻《うめ》き声や赤ん坊の泣き声に呂秀は顔を曇らせた。

荷車から下りて足を速めると、捻った足首に痛みが戻ってきた。

だが構わず、井戸のまわりを見てまわった。井戸は外観だけでは異常がわからず、水が減っているふうでもない。

最初に訪れた家では、家族がひとり残らず囲炉裏のまわりで藁をかぶり、力なく横たわっていた。

火は消え、土間に置かれた水瓶はからっぽだ。粥などをつくった跡もない。

訪問者の気配にぼんやりと目をあけた女が、僧衣をまとった呂秀と慈徳の姿をみとめ、小さな悲鳴をあげた。

力なく両手を合わせ、かすれた声で訴えた。「まだ死んでおりません。まだ皆、生きております。どうか埋めないで下さいまし、どうかお頼み申します――」

呂秀は女のそばへ駆け寄り、手を握りしめた。「心配はいりません。我らは皆さまを助けに来たのです。薬師を連れ、薬もたくさん運んできました。もう少しのしんぼうです。気をしっかりお持ちなさい」

女は、はらはらと涙をこぼし、自分はまだましなので老いた者を診てやってくれと頼んだ。

律秀は言われる前から、ひとりひとりの様子を確かめていた。若衆たちをふり返ると、

「あなた方だけでは、まだ人手が足りない。休む暇もなくなりますから、集められるだけ人を集め、助けるほうもじゅうぶんに休息をとれるようにして下さい」

若衆たちがうなずくと、律秀は続けた。「綺麗な水がたくさん必要です。ここの井戸は絶対に使わず、川から運んで下さい。そして、できるだけ多くの鍋と柄杓と椀がいります」

「何を始めるのですか」

「まずは川の水を鍋で沸かします。火は土間ではなく、外でおこす。ひとつところに皆が集まれるように薪を積みあげて下さい。井戸のまわりに開けている場所がたくさんあるでしょう。あそこがいい」

「湯をつくってどうするのですか」

「手始めに、丸薬を病者すべてに行き渡らせます。赤ん坊や子供、丸薬を飲む気力を失っている者には、丸薬をすり潰して湯で溶かし、匙《さじ》で少しずつ飲ませて下さい」

「苦いと吐き出しませんか」

「そういうときには、湯でうんと薄めるように。腹下しには白湯もたくさん飲ませる必要があるから、ちょうどいい。私はそのあいだに煎じ薬をつくります。大きな鍋は煎じ薬用です。沸かした湯に漢薬を投じて煮ますが、今回の病には何種類もの煎じ薬がいるので、長い時をかけて、ようやく村全体の一日分の薬ができる程度です。一刻も早く始めなければ」

呂秀と律秀は、村のすべての家を訪れ、病者の容態を確かめた。

慈徳と若衆は桶を吊した天秤棒を担ぎ、川へ向かった。農人は近くの村へ、さらなる人集めのために走った。

村の中央に薪を積んで火をつけ、鍋で次々と水を沸かした。

律秀は湯に少しだけ塩を加えた。ただの白湯で飲ませるよりも、このほうが回復が早くなるのだ。

若衆が湯を柄杓ですくって甕に移し、これを手押し車に載せて順番に家をまわった。甕から白湯を椀に移し、これを用いて病者に丸薬を飲ませる。

そのあいだに律秀は、大鍋を使って煎じ薬づくりに入った。鍋ごとに違う漢薬を投じ、胃腸に効く薬、体力を取り戻させる薬、体内の『気』の流れを整える煎じ薬をつくっていく。病者の状態によって用いる薬を変えていくのだ。この切り替えが、漢薬をうまく効かせるこつである。

煎じ薬は、白湯とは別に一日三度は飲ませねばならない。大量の湯を沸かすには、ひっきりなしに薪をくべ、火を落とさぬようにと皆に注意した。

手伝いの農人が集まってくると、律秀は洗濯だけを担う者を選んだ。病者の汚れた衣を、水を汲む場所からかなり離れた川下で洗わせた。洗濯を担う者には、薬を飲ませたり煎じ薬をつくったりする作業には関わらせなかった。病者の体をふき、洗濯だけに徹して下さいと厳しく教え、家の中の汚れも落としてほしいと頼んだ。

「家の中に悪い『気』が溜まったままだと治りが遅くなる。風を通し、穢《けが》れを祓《はら》うのです」

薬を飲んでもなお病に怯える者たちには、呂秀が禍を退ける祈禱をほどこした。

家屋の中で護摩を焚き、魔物を退散させるための祈りを唱える。

するとみるまに皆の表情が和らぎ、薬の効きもぐんとよくなった。

薬を飲ませるだけでなく祈禱を共に行うと治りが早いのは、呂秀と律秀が、これまでにもたびたび経験していることである。今回も、どれほど忙しくても、このふたつを併せて用いた。


五日ほど経ち、村人の病状が落ち着いてくると、律秀は、また手伝いの者たちを集めて言った。

「どれほどよい井戸でも、ふいに地下の水の流れが変わると、毒が生じて使えなくなることがあります。大地が震えたときなどもそうです。井戸の水が急に深くなったり、逆に涸《か》れたりして水も濁る。地中のわずかな変化で、人には飲めぬものになってしまうのです」

慈徳が訊ねた。「では、この井戸はもう使えぬのか」

「そう考えたほうがいい。ここは埋め、新しい井戸を掘るべきだ。ひとたび毒が生じた井戸は、いつまた同じ病を引き起こすかわからん」

「井戸を掘るのは大ごとだ。清らかな水脈を見つけられても、ここから遠ければ、村を捨てて新たな土地を拓くことになる。収穫がある土地を捨てて一から出直すのは、村人に、とてつもない苦労を背負わせる」

「命にかかわるのだから仕方がない。命さえあれば村などいくらでもつくり直せる。当面は川から水を運んで暮らしを保ちつつ、よい水が出る土地を探すのだ。それには守護代（守護の職務を代行する役人）さまに事情を話し、許しを得ることが必要だ。まずは、清らかな水脈を探すところから始めよう」

「なるほど」

「律秀どのは、井戸を掘った経験がおありなのか」

「書物で手順を知っているだけだ。ここらの平地では、川沿いを探っていけばたいてい水が出るそうだ。平地の川の近くには、地下に水脈がはしっているらしい」

「地下に水を含む土地は、草木が大いに繁るはずだ。それを頼りに探せば、どこを掘ればいいかわかるだろう。ただ、慈徳どのが仰る通り、村を一から再建するのは大変な手間がかかる。他からの助けを受けつつ進めねば、村人は飢えてしまうだろう。この件も、守護代さまの判断をあおがねばなるまい」

呂秀は律秀に訊ねた。「兄上、先日の雷とこの疫病は何か関わりが――」

どちらもガモウダイゴによる禍であるとすれば恐るべきことだ。律秀の対処が早かったおかげで死者こそ出なかったものの、村全体を己の運命に巻き込んでしまったのだ。ガモウダイゴは自分だけを狙ってくると考えていたのに、土地ごと呪をかけたのだろうか。禍々しい悪意の裏に潜む思いを想像すると怖気《おぞけ》が立った。なぜ、ここまでこの地に関わろうとするのか。あきつ鬼をほしがる真意は、どこにあるのか。

律秀は答えた。「断言はできんが、おまえに気にするなといっても無駄であろうな。だが、いまは目の前の問題だけを考えよう」

「悪しきものさえ祓えば、井戸は元通りになりませんか」

「一度だめになった井戸は捨てるしかない。無理に使い続けて、取り返しのつかぬことになったらどうする。きっぱりとあきらめよう」

呂秀は唇を嚙みしめた。

ふと、足首のあたりに風を感じ、呂秀は視線を地面へ向けた。瑞雲が座り、呂秀を見あげて尾をふっていた。「新たな井戸をつくるのは大変であるぞ。吾が手伝ってやろう」

「まことでございますか」

「地の龍に水脈を訊ねてみるから、しばし待て」

そう言って、前脚で地面を掘り始めた。

瑞雲に気づいたのは、呂秀だけだった。

いつも通り、律秀にも他の誰にも見えていない。依代《よりしろ》たる普通の縞猫を有傅のもとに残し、本体の瑞雲だけがここへ駆けつけたのである。

瑞雲は穴を掘り終えると、そこへ頭を突っ込み、むにゃむにゃと何かを唱えた。

神が用いる言葉のようだ。

声音の調子に合わせて、穴の中から透き通った青い光が立ちあがった。

うねる光の筋は川の方向を目指して伸びていった。瑞雲は光の筋を追って駆け出し、少し先で足を止めると、呂秀をふり返って、ねう、と鳴いた。

呂秀は律秀と慈徳に「水脈を探します。共にお願いできますか」と声をかけた。瑞雲のあとを追って歩き出す。

律秀は杭につながれた馬の手綱を引き、呂秀に向かって言った。「どこへ行く。遠出ならこれを使え」

近づいてきた律秀の耳元で、呂秀は囁いた。「瑞雲さまが水脈を探してくれるそうです」

「まことか」

「地の龍の助けを借りると仰いました。我らはあとをついていくだけでいいようです。水脈が無事に見つかったら、村人たちには『祈禱により神仏の導きがあった』と伝えましょう」

「わかった。村を出たら、慈徳どのにも仔細を伝えよう」

律秀は呂秀のそばから離れると、農人に頼んで鍬を三本借りて、「しばらく留守にするので、あとをよろしく頼みます」と告げた。

そして、慈徳を連れて呂秀のあとを追った。

五

呂秀の目にしか見えぬ光の筋は、いまやはっきりと青い龍の姿と化し、瑞雲を導きながら先を目指していた。

平地には本流支流さまざまな水の流れがあり、一部は地下に潜っているので少し掘っただけで水は出る。だが、病を引き起こさぬ清らかな水を探し出すには、瑞雲と地の龍に任せるしかなかった。

稲によく似た細長い葉や茎を持つ草や、穂を伸ばした髢草《かもじぐさ》や茅が生える場所を進む。草を鳴らして葦切《よしきり》のさえずりを運んでくる風は、しっとりと湿気を帯び、ここからは見えないが近くに水源があるとわかる。

傷薬になる虎杖《いたどり》が、あちこちで大きく葉を広げていた。

山側には、精をつける薬として用いる柾《まさき》が繁っていた。

病に冒された村の外に出たせいもあろうが、清らかな風が吹き、邪悪な気配を退けている。ここは強い土地神が統べる地なのか、瑞雲は何かを言祝《ことほ》ぐような言葉を朗々と発し続けていた。土地神に挨拶しながら進んでいるのだろうか。

遠くからでも目立つ楢《なら》の木の近くまで来たとき、瑞雲が足をとめ、地の龍がすっと姿を消した。

瑞雲はふり返り、呂秀に命じた。「ここを掘ってみよ」

呂秀は馬から降り、律秀から渡された鍬をつかんだ。

律秀と慈徳も鍬をふるい、地を覆う草木を根こそぎ掘り起こした。

土は、ほどよく水気を含んでいた。

厩肥《きゆうひ》をまいてやれば、いい田畠ができる土地になるに違いない。

呂秀の目には、掘り進める先に細かい光の煌めきが見えていた。

瑞雲が言った。「いま、吾が目とそなたの目とをつなぎ、地の底にあるものを見せておる。その輝きが水脈じゃ。かなり掘らねばならんが、よい水が出る」

呂秀はあらためて瑞雲の顔を見つめ、深く頭を下げた。「ありがとうございます。これで村人たちを救えます」

「礼を言うにはまだ早い。これと同じ水脈を、南と東に、もうひとつずつ探すのだ。合わせて三つの井戸をつくり、いまある田畠を南北と東の方向へ広げよ。三つの集落が隣り合って暮らせるように、新たな村をつくるのだ。さすれば村人の数も増える。このたびのように疫病に見舞われても、他のふたつの集落で暮らす者が駆けつけて助けてくれる。田畠の世話も元気な者で手分けできる。村が小さいと、災厄に襲われたときに、あっというまに滅びてしまう。村をできるだけ大きくし、人を増やし、集落を分けておけば、人も田畠も滅びから逃れられるのだ」

「仰せの通りでございます。守護代さまにかけあい、土地の開墾に努めます」

「守護代が難色を示したときには、神仏のお告げがあったと強く訴えろ。それでも聞かぬときには、吾《あ》が直《じか》に、守護大名や守護代にもの申してみる。さすれば、たちどころに言うことをきくであろう。田畠が増えれば税収も増えるのだから、多少は目端が利く者たちであれば、そなたらの話に耳を傾けるはずだ。弁が立つのは律秀のほうだ。うまく兄に頼れ。この地には目印をつけておくといい。次に来るときに、すぐに見つけられる」

「承知いたしました」

呂秀はすぐさま、律秀と慈徳に瑞雲との会話を伝えた。ふたりはうなずき、近くから小石や小枝をひろってきた。

律秀が懐から人形《ひとがた》を出し、いま掘ったばかりの浅い穴の底に置いた。風で飛ばされぬように、小石や小枝を重しとして載せる。

呪をかけ、人形にこの場所を守る役目を与えた。

これで、いったんここから離れても、いつでもここを見つけられる。遠くからこの方角を眺めたとき、律秀の目には、天に向かって伸びる光の柱が見えるはずだった。現世《うつしよ》に在るものとしては、近くに生えている楢の木が目印となる。

慈徳が感心しきりといった口ぶりで言った。「神さまや龍の姿が見えるとは、呂秀どのの目がつくづくうらやましい。私も一度でいいから、まことの龍を拝んでみたいものだ」

律秀もうなずいた。「まったくだ。呂秀、おまえにだけ神さまや龍が見えて話までできるなど、うらやましすぎるぞ」

呂秀は申し訳なさそうに「でも、ときには、怖いものも見えてしまいますから」と答えた。「慈徳さまも兄上も、いまのままがよろしいですよ」

守護代は呂秀たちが願い出た開墾の話を吟味し、ほどなく許しを与えた。

土地の開墾と井戸掘りに詳しい者たちが集められ、新たな田畠と村をつくる作業が始まった。

田畠のために溜め池をつくり、飲み水のための井戸は南北と東に水脈を見つけ出した。

井戸掘りは慣れた者であっても手間がかかる。

穴は、砂礫《されき》が出てくるところまで掘り進めねばならない。

掘り進めた穴の壁が崩れぬように、壁面には大きな石を埋め込んで補強する。

土地によっては浅く掘るだけですぐに水が出るが、律秀は、「井戸は深いほうが清らかな水が出る」と皆に教え、何丈（一丈は約三メートル）もの深さまで掘らせた。

穴の底から水が出たとき、律秀は井戸掘り人にすぐに訊ねた。「水の色はどうですか。濁っていたり、赤く染まったりしていませんか」

「大丈夫です」井戸掘り人は威勢よく答えた。「澄んだ水が、たくさん湧いてきました。ひんやりしています。これはいい井戸になる」

「桶にその水を汲み、川魚を投じてしばらく様子を見て下さい。元気に泳いでいれば、次は鳥や犬に飲ませる。大丈夫であれば、いよいよ人が試してよいのですが、まずは鍋でよく沸かし、白湯にしてから飲むのです。舌が痺れ、変な臭いがすれば、惜しくてもこの穴は埋めねばならない」

何日もかけて調べたのち、幸い、どの井戸も人が飲んで大丈夫だとわかった。

前よりも美味い水が湧いてきたと、村人たちは歓声をあげた。

「ありがたや、ありがたや」「これで、新しい土地を拓く気力も湧きました」「薬師さまとお坊さま方には、なんとお礼を申しあげればよいのやら」「わしらは銭など持たぬ貧乏人ですが、必ず、ご恩をお返しいたします」と口々に、呂秀と律秀に礼を言った。

呂秀は村人たちを見まわして言った。「困っている方々を助けるのが我らの務めです。どうぞお気づかいなく、やっかいごとが起きたときには、また遠慮なく頼って下さい。燈泉寺からも人を出します」

新しい井戸ができあがると、病を引き起こした古い井戸は封じることになった。

呂秀は古い井戸の前で祈禱を行い、土地の穢れを祓った。

彫りあげられたばかりの石仏が、村一番の力持ちによって井戸の中へ投じられた。

大きな水音をたてて、石仏は井戸の底へ沈んでいった。

石仏の霊力によって、この井戸に湧く悪しきものは、永遠に封じ込められるのである。

村人は井筒を板でふさぎ、重しにするための石を板の上に置いた。


ようやく草庵へ戻って囲炉裏の傍らで落ち着くと、どこからともなく黒猫が姿を現した。猫は律秀や慈徳にも見えるようであったが、おそらく瑞雲が、また、どこかの猫を依代として乗り移っているのだろう。そうでなければ、見たこともない猫が、勝手を知ったように草庵に入ってくるはずがない。

慈徳は我がもの顔で板の間を歩く猫を見て、「もしや、これが例の神さまですか。話に聞いていたお姿とは、ずいぶん違うようだが」と首を傾げながら言った。

呂秀はくすりと笑い、「都合によって、お体を取り替えているようです」とだけ答えた。

瑞雲は呂秀に近づくと、「ご苦労であった」と言った。

声は、律秀や慈徳には聞こえなかったらしい。呂秀は律秀たちの様子を見て、それを察した。

瑞雲は、あぐらをかいて座った慈徳の膝にあがり、そこで丸くなった。いつもは厳しい顔つきの慈徳が、有傳のように表情をとろけさせ、「おお、かわゆき奴だ。呼ばなくても膝に載った」と言って、掌で猫の頭をなでまわした。

猫はおとなしく、ねう、と鳴き、目を細めた。

慈徳はよりいっそう顔をほころばせ、瑞雲をかわいがった。

いっぽう、呂秀の耳には、瑞雲の言葉が鮮明に届いていた。「そなたらは、ずいぶん悪しきものにつきまとわれているようだな」

「やはり、村の病は誰かが呪をかけたのでしょうか」

「村全体を包む黒い怨念が見えた。だが、吾が参ったからには安心せい。しばらくは、あそこが新たな禍に見舞われることはあるまい」

呂秀がほっとすると、瑞雲は続けた。

「今回の一件で、そなたらの力と、人のために真摯《しんし》に努める心がよく理解できた。それでこそ守り刀を渡すに相応しい者たちだ。吾は、ここから備中国へ知らせを送り、匠に刀づくりを始めるように伝えておこう。刀が仕上がれば、あきつ鬼はそれを知らせるためにここへ戻るであろう。吾はそれまでこの地に留まり、何かあればまたすぐに手助けいたそう」

「ありがたき幸せに存じます」

「堅苦しき礼は不要だ。ここは居心地のいい土地じゃ。吾も、ゆっくりできてありがたい」

呂秀はほっとしつつも、新たな怯えが背筋を這いのぼってくるのを感じた。

土地ごと瑞雲に見はってもらわねばならぬほど、この地は大きな禍に狙われているのだろうか。

第四話

伊佐々王《いざさおう》

一

山道の両側から生い繁る草木が男の行く手を阻んでいた。足下からはむせかえるような土の匂いが立ちのぼる。邪魔な枝や蔓《つる》を手ではらい、ときには背をかがめてくぐり抜けながら、男はひとりで進んでいった。

降り積もったばかりの雪を思わせる白い浄衣をまとい、頭には烏帽子をかぶっている。ひとめで都人とわかる気品ある姿だった。

浄衣の裾に縫いつけた鈴が、進むたびに、ちりん、ちりんと涼しい音を鳴らす。音によって結界をつくり、煩わしい物の怪を退けているのだ。

澄んだ切れ長の双眸には輝きがあり、きめ細かい肌は艶《なま》めかしいほどに青白い。この世のものとは思えぬ姿の裏には、冥府《めいふ》を吹く風の如き冷たさと暗さが潜《ひそ》む。長く山道を進んできたにもかかわらず、男の額には汗ひとつなく、浄衣には汚れひとつなかった。

男の体は現世に在りながらも、陽炎《かげろう》のように揺らめいていた。その気になれば人に姿を見せられるが、大気に溶け込み誰にも見られぬこともできる。

男は、呂秀と律秀に会った日の出来事を思い出していた。

あれほどの力を持つ鬼を配下に置きながら、その使い方を知らぬとは愚かなり。やはり法師陰陽師など、蟻にも等しい知恵を誇り、医術の真似事で貧しい者を喜ばせているにすぎぬ。播磨国の守護大名の立場を知っていれば、鬼を使って赤松《あかまつ》家に恩を売れるし、都人を平伏させることすらできる。それを考えたり手がけたりせぬのは、大局が見えておらぬ証拠だと、男は嘲笑った。

ふと歩みを止め、耳をそばだてる。

遠かった川のせせらぎが、くっきりと聞こえてきた。

目指していた場所が近いようだ。

山道の崩れや獣の気配に気をつけながら進んだ先に、ごうごうと水が流れ落ちる淵が見えた。

水は幅広く大岩をつたい落ち、淵の表面を白く泡立たせている。

男は視線をあげて川上を見やり、流れに沿って、さらに山奥を目指した。

渓流は幅が狭く、水の勢いはどこも激しい。あやまって水に落ちれば、あっというまに流れに呑まれて大岩で体を砕かれるだろう。

勿論、男はそんなへまはしない。術を使えば、水の面に爪先もつけず、風のように川を遡《さかのぼ》ることもできる。

だが、いまはそうすべきではなかった。

川上に潜むものに敬意を示すため、水には一切触れず、地道に山道を進んでいく。

渓流を遡るごとに、大きさや形が異なる九つの淵が次々と現れた。水の色から深さのほどがわかる。

流れはときとして大きく蛇行し、浅いところでは川底がくっきりと見えるほど澄んでいたが、淵の淀みは濃い碧色で、他と違って底はまったく見えない。

大きな淵のひとつは、「底無し」と名づけられていた。

その底は播磨国の南側にある海とつながっていると噂され、この淵に傘を投じれば、何日かのちにそれが海辺で見つかるという。

十番目の淵の前で男は足をとめた。

この淵の形は他とはだいぶ違う。巨鹿が横たわったように見える。

男は両腕を淵へ向かって差し伸べ、ゆっくりと持ちあげた。

「聞こえるか、伊佐々王《いざさおう》」と呼びかけた。「こんなところで息絶えたのは、さぞかし無念であったろう。何百年もの眠りから、いま目覚めさせてやる」

男の言葉に応えるように、水面が微かにざわめいた。

淵に沈む魂に向かって、男は、それに血と肉と熱を与えるための呪文を高らかに唱えた。

大気が猛り、木々がざわめく。

川が逆流し、淵の水が空へ向かって噴きあがった。

崩れ落ちる水柱に鮮やかな虹がかかる。

熱気を帯びた何かが淵の面に凝結した。男の目には、その正体がくっきりと見えていた。

怪魚の如く水をはね飛ばしながら躍り出たのは、二丈（約六メートル）近くの巨体を持つ鹿だった。

苔に覆われた角は七本に分かれ、背中にはびっしりと笹が生え、両脚には水鳥に似た水かきがある。

爛々《らんらん》と輝く巨鹿の瞳が男を睨みつけた。

ごうっと吐き出された息は蒸気の如く熱気を帯び、男の白い肌をちりちりと焼いた。

男は両腕をおろし、満面の笑みを浮かべた。「伊佐々王よ。おまえの仲間を殺した者どもは子々孫々まで栄えている。新たな力を与えてやるから、きたるべき日に備えよ。邪魔する奴は私が退ける」

男の言葉に応えるように、巨鹿の体はめきめきと音をたて、あっというまにひと回り大きくなった。

角は刃もはね返すほど硬くなり、先端は槍の如く尖った。背中の笹には蕾がつき、百年に一度しか咲かぬと言われる白い花が一斉にほころんだ。足下の水かきが血を思わせる濡れた色に変わる。

咆哮が森を揺るがした。その激しさに大気が掻き乱され、枝から木の葉がばらばらと落ちていった。

男は命じた。「行け。麓で英気を養うがいい」

巨鹿は男の頭上を飛び越え、青白い炎をまとって駆け出した。箒星《ほうきぼし》の尾を思わせる軌跡が渓流に沿って残った。

「やはり播磨国はいみじき国だ」男はうれしそうに目を細めた。「この世の敵が生まれるに相応《ふさわ》しい」

二

かつて伊佐々王という名で呼ばれていた巨鹿は、山道を飛ぶように走り、まっすぐに麓を目指した。

己を甦らせてくれた男のことなど、どうでもよかった。

昔と同じに体が動くのがうれしくてたまらなかった。久しぶりに覚えた空腹感に、生きている実感が猛烈に押し寄せてきた。

麦や稗《ひえ》だけでもいい。麓に下りれば好きなだけ貪《むさぼ》れる。

大地を蹴るごとに、何百年も前の風景が鮮やかに脳裏に甦った。


かつて伊佐々王は仲間と共に、播磨国を自由に群れ歩いていた。山奥だけでなく麓にもしばしば下り、田畠に育つものを好き放題に食べた。

鹿である伊佐々王たちにとって、人々の暮らしや都合など知ったことではない。

人が生きていくためには田畠が必要で、採れたものが税として国に納められていることなど何ひとつ知らなかった。

田畠が広がる土地は、もとは森であった。

そこが人の都合で切り拓かれ、耕されて田畠に変わったのだ。

鹿たちは太古の昔から拓かれる前の土地に住んでおり、そこには豊かな食べ物が溢れていた。

森がなくなったので、鹿たちは仕方なく田畠に食べ物を求めたのである。

大切に育てられた稲や麦や豆は、あたりの草とは比べものにならないぐらい美味《うま》かった。

より美味いものが見つかればそちらを食うのは人も鹿も同じである。

鹿たちはためらいなく、よく育った稲や麦や豆を食った。

人は、鹿たちから見れば、ひどく不格好で頼りない者たちだった。

二本足でちょこまかと動き、いつも何かに怯えている。

伊佐々王たちと遭遇すると、人々は甲高い悲鳴をあげて逃げまわった。

中には鋤や鍬を手に立ち向かう者もいたが、角でひと突きすると、真っ赤な水を噴き出してすぐに動かなくなった。

人など、恐るるに足りん。

伊佐々王の一族は我がもの顔で田畠を駆け回り、収穫前の甘い稲穂を噛み、汁を吸い取った。瓜や大根にかぶりついて喉の渇きを癒やし、土を掘り起こして、里芋の甘くて柔らかい味に歓喜した。

食べ物の豊かさと土地の居心地のよさに、伊佐々王の一族は、次第に、平地で過ごす時のほうが長くなった。

子を産み、育て、数えきれぬほど増えていった。

一族は、やがて少しずつ分かれて多くの群れをつくり、各々の地で好き勝手にふるまった。

あまりに数が増えたので、伊佐々王の目は、もはや一族の隅々までは届かぬほどだった。

人々はいつまでたっても弱々しく、気の荒い鹿の群れに襲われると、逃げ惑うばかりだった。

だが、ある日――。

一頭の鹿が畠を目指して歩いていたとき、ふいに足下が崩れ落ちた。木の枝や落ち葉でたくみに隠された落とし穴が、罠にかかる獲物を待ち構えていたのだ。何が起きたのかわからぬうちに、鹿は、穴の底に立てられた尖った杭に貫かれた。

風の中に強い血の臭いを感じ取り、伊佐々王は草を食《は》むのをやめた。首を持ちあげ、あたりを見わたす。

田畠が広がる平地では、めったに嗅がぬ強い金臭さだ。これほどの血臭《けつしゅう》は、山狗《やまいぬ》が子鹿を狩ったり、鷹が兎をついばむ場に出くわしたりしない限り感じることはない。あるいは人が獣を矢で仕留め、獲物の喉をかき切り、腹を裂く場に遭遇せぬ限りは。

異様な気配を察した伊佐々王は、鋭く一声鳴き、まだ草を食んでいた仲間たちを呼び寄せた。

このようなとき、好奇心に駆られて臭いに近づくのは危ない。なるべく離れねば。伊佐々王は群れを従え、山へ向かって駆け出した。

進むにつれて、また別の方角から血の臭いが流れてきた。山へ帰るための道が人に見つかり、別の仲間たちが暴れているのだろうか。言い知れぬ不安が、伊佐々王の胸中で膨らんでいった。

怖い物知らずの伊佐々王が、これほどの警戒心を抱いたのは初めてだった。

突然、嫌な臭いが強まった。

伊佐々王は足を止めた。

間近に見える山へ続く坂道の途中、長く伸びた大樹の枝に、鹿の死骸が吊り下げられていた。前脚と後ろ脚をそれぞれ合わせてしばり、太い枝の根元に引っかけてある。

死肉をついばむ烏が、伊佐々王の群れに気づいて一斉に飛び立った。

近くの枝に移り、こちらの食事を邪魔するなと言わんばかりに、ぎらつく目を鹿たちに向ける。

伊佐々王は烏を睨みつけ、角を振り立てた。背中に生えた笹がざわめき、烏たちを威嚇する。

他の鹿とは違う迫力に、ずうずうしさで知られる烏たちも、さすがに怯えを隠せなかった。不満をあらわにした声で、かか、かか、と鳴き交わすと、名残惜しそうに枝から飛び去った。

伊佐々王は臆さず死骸に近づいていった。群れは怖々あとをついていく。

死骸は烏につつかれる前から血まみれだったようだ。頭や首や体に深い刺し傷があった。落とし穴にはまった仲間が、その穴の底に立てられた杭に体を貫かれ、もがき苦しんだ果てに死んだことなど鹿たちは想像すらできなかった。

だが、死骸に残された臭いから、仲間が人によって殺されたことだけはすぐに察した。

翌日から、伊佐々王の仲間は、次々と人が仕掛けた罠にはまるようになった。

人々が困り果てていることを知らされたこの地の首長が、知恵者と共に策を練り、鹿退治に乗り出したのである。

鹿たちを狙ったのは落とし穴だけではなかった。まかれた毒餌を食べて死に、犬をけしかけられて引き裂かれ、弓矢で射られて斃《たお》れた。人々による報復には際限がなかった。ときには罠にかかってもまだ息がある鹿を、棍棒でめった打ちにした。

伊佐々王は群れを山の奥深くまで連れていき、安らかな地で落ち着かせた。しばらくは森の食べ物だけで暮らすようにと命じた。力の強い牡鹿たちには、これからはおまえたちが群れを率いて面倒をみるのだと言い聞かせた。

血気盛んな三頭の牡鹿がそれに逆らった。自分たちも戦わせてくれ、このまま引き下がれないと叫んだ。

伊佐々王は甲高い声で三頭を叱った。こういうときには最も年長者が戦いに赴くものだ、おまえたちは生き延び、一族の血を絶やさぬようにするのだと懇々《こんこん》と諭した。

だが、三頭は逆らい続けた。伊佐々王が麓を目指して駆け出しても、そのあとを追ってきた。仲間を殺された悲しみと人への憎しみに、体が猛《たけ》り狂うのだ。

仲間の決意をみてとった伊佐々王は、もはや何も言わなかった。

四頭の鹿は冬の嵐にも似た勢いで麓まで達し、ところかまわず人を襲い始めた。伊佐々王ほどではないが、牡鹿たちも大きな角を持ち、高く跳ねられる。角で人を突き、投げ飛ばし、蹄《ひづめ》で踏みにじった。

あまりの暴れぶりに次々と死人が出た。

人々は、「禍津日神《まがつひのかみ》が鹿の姿をとって怒り狂っている」と慌てふためき、逃げ惑った。

首長は伊佐々王の反撃を恐れはしなかった。

すぐに弓を持った兵をそろえ、戦いの場へ差し向けた。

最初のうち兵の数は少なく、伊佐々王たちはかすり傷も負わずに逃げおおせた。

が、やがて、さらに強い弓を持った兵が現れ、これまでとは比べものにならぬほど慣れた動きで、鹿たちを追い立てていった。

これは首長から知らせを受けた帝《みかど》が、「ただちに播磨の各地から兵を集め、伊佐々王とその一族を討ち滅ぼせ」と命じたからだった。

日々増え続ける兵は手強く、矢衾《やぶすま》をつくって鹿たちを狙ったので、三頭の仲間は豪雨の如く降り注ぐ矢に射貫かれ、一頭、また一頭と斃れていった。

最後の仲間が斃れたとき、平地では勝てぬと悟った伊佐々王は、山道を駆けのぼり木々のあいだに身を潜めた。

すると追っ手は斧を手にして木々を切り倒し、森に火をつけた。

猛然と噴き出した煙に森はけぶり、野鼠や兎が山奥を目指して死に物狂いで駆け出した。山鳥は火から逃れるために隣の峰へ向かった。炎はまたたくまに森を舐めつくし、何日も燃え続けた。

兵たちは山を焼くことなどなんとも思っていなかった。

伊佐々王を斃さなければ、いつまでも被害に見舞われるのだ。伊佐々王を追い詰めるためなら、山をひとつ焼きつくすのもやむなしと腹をくくっていた。

鹿も必死だったが、人も必死だ。

何年もかけて土地を切り拓き、よい水が出る井戸を掘って集落をつくり、田畠を育ててきたのだ。酷暑の中でも世話を惜しまず、虫や病や野分《のわき》を恐れながら米や芋や豆をつくってきたのである。

人には人の懸命の暮らしがある。

鹿と同じだ。

不幸は、お互いがそれを知らぬところにあった。

炎に追われた伊佐々王は、渓流沿いに山をのぼっていった。

兵はすぐに追いつき、矢を浴びせた。

伊佐々王は岩から岩へ飛び移りながら矢を避け、時には急に方向を変えて兵たちに躍りかかり、角で引っかけ岩に叩きつけた。

めったなことでは驚かぬ荒くれ者たちが恐怖に苛《さいな》まれた。たった一頭になっても、まだこれだけ戦えるとは。これは尋常な相手ではない。やはり神なのではないか。

巨鹿の蹄が岩を蹴るたびに、その怪力によって表面が砕け散った。あまりにも激しき怒りに怯え、我慢の限界に達した兵たちは我先に逃げ出し始めた。

しかし、いまや三頭の仲間はすべて斃れ、降り注ぐ矢は次々と伊佐々王に突き刺さっていく。背中に生えた笹の隙間から、夥しい量の血が流れ出した。

渓流から突き出す岩や山道のあちこちは人の血で赤く染まり、倒れた兵はもはや数知れなかった。

伊佐々王が兵を蹴散らす勢いも、徐々に鈍りつつあった。

それでも伊佐々王は、なおも山奥を目指して進んだ。

行く道は人には険しく、びっしりと苔が生えた岩は追っ手の足を何度も滑らせた。

伊佐々王はなんとか兵を引き離し、どこかで休むつもりだった。だがその足取りは、もはや自身が感じているほどの速さはなかった。

何人かの兵が巨鹿を追い抜き、ようやく、伊佐々王を前後から挟み撃ちにする態勢を調えた。

前後から矢を浴びながらも伊佐々王はまだ戦った。角のひとふりで弓や矢をはじき、兵を突き殺したが、次第に川縁へ追いやられていった。

ふいに、伊佐々王は足下に冷たさを覚えた。

川の中まで追い詰められたのだと知った。

倒れたら終わりだ。川の流れに足をとられれば、二度と立ちあがれず、この重い頭は水底へ沈むだろう。

何十本もの矢が、伊佐々王の首筋にどっと突き刺さった。

刹那、巨鹿の脳裏に、ひとつの光景が浮かびあがった。

この山がすべて人の配下に置かれ、魚も鳥も兎も鹿も、柔らかく香り高い春の菜も人々の食べ物でしかなくなり、獣たちには不自由になった悲しい世。花は人を楽しませるためだけに咲き、野の生きものが闊歩《かっぽ》できる土地は狭く、楽しそうにふるまう人々の姿を草叢《くさむら》から眺める獣たちは、人に見つからぬように震えを押し殺し、もはや隠れて暮らすだけとなる――。

そんな世は、決して許せぬ。

かっと目を見開いた伊佐々王は、最後の怒りを燃え立たせた。背中の笹が音をたててざわめき、渓流の面を渡る冷たい風を震わせる。

だが、その足はもう一歩も前へ進めない。

巨鹿は、轟音を響かせて渓流の中へ倒れ込んだ。水柱があがり、その姿は水中に没した。

耳が痛くなるほどの、しんとした静けさが兵たちのあいだに満ちた。

かちどきをあげる者は誰もいなかった。冷たい手で心臓を握られ、全身が凍りついたように誰もが微動だにしなかった。

「いま、何か聞こえなかったか」

ひとりの兵が、隣の兵に訊ねた。

「あの鹿が倒れんとするとき、誰かが頭の中で叫ばなかったか。その言葉を聞いた者はいるか」

聞こえた、わしも聞いたと、我も我もと声があがった。確か、こんなふうに叫んでおった、と。


『この跡、消ゆるなかれ』


兵たちは伊佐々王が倒れたあたりに近づき、流れをのぞきこんだ。

伊佐々王の姿は、どこにもなかった。

ただ、倒れたところの川底が深くえぐれ、岩場であるにもかかわらず、大きくへこんでいた。

言葉の意味を察した兵たちの背中を、猛烈な寒けが走り抜けた。

伊佐々王の執念が刻まれたかのように、巨鹿が横たわった姿に似た淵が、いつのまにかそこに生じていた。

兵たちは悲鳴をあげ、がたがたと震えた。両手を合わせて淵に向かって頭を垂れ、繰り返し祈った。

――我らを恨まないでくれ。

――我らも生きていくには仕方がなかったのだ。

巨鹿の形をした淵は、人を許すとも許さぬとも語らぬまま、沈黙を守り続けた。

兵を連れて麓へ下りた軍毅《ぐんき》は、首長の屋敷を訪れると、主の前で片膝をついて頭を下げた。「確かに、伊佐々王を討ち取りました」と告げ、「ただ、死骸が消えてしまったので、持ち帰れませんでした」と詫び、いつのまにか川に生じた、巨鹿の形に似た淵について語った。

首長は「かくも不思議なことがあるとは」とつぶやき、「伊佐々王は、まことに獣たちの王だったのであろう。仲間と共に戦い抜き、決して人に屈しなかった誇り高き魂を思えば、冥府の神がその最期を憐れみ、死骸が人に辱められぬように黄泉《よみ》の国へ持ち去ったのかもしれぬ。我らもこの王の最期を悼《いた》もう。のちのちまで、伊佐々王の勇姿を語り継ぐのだ」と皆に伝えた。

――我を、何百年もの眠りから呼び覚ました、あの白い衣をまとった男は何者か。

この世に舞い戻った伊佐々王は森を駆け抜けながら考えたが、いくら考えても答えは得られなかった。

ただ、前よりも強い力がみなぎってくるのを感じ、何度も喜びの声をあげながら走った。

いまは、それだけでよかった。

三

草庵で寝床に横たわったまま、呂秀はじっと耳を澄ました。

風が荒ぶっている。

夜も更けたのに心を騒がせる音に目覚めてしまった。ひょう、ひょう、と篠笛《しのぶえ》に似た甲高い音がそこに混じる。

いや、あれは笛ではなく、鹿の鳴き声か。

鹿だとすれば、なんと切なく鳴くのだろう。母親からはぐれ、たったひとりでこの世をさまよう子鹿のようだ。

この暖かい季節、寒さが戻ったように嵐が吹き荒れることがある。雨も伴うので、畠で育ち始めた薬草が心配だ。

呂秀は再び目を閉じた。

明日は早めに起きて畠を見回ろう。


早朝、呂秀は朝餉《あさげ》よりも前に薬草園を見てまわった。

幸い、嵐の影響は少なかった。

薙ぎ倒された草木はなく、なんとか耐えきった様子である。

乱れた土を整えてやれば、元通り、すくすくと伸びていくだろう。過日の一件で幹に疵が生じた桜と梨の木も、枝の折れなどなく、生き生きと葉を繁らせている。

ほっとして草庵へ戻ると、燈泉寺から畠を手伝いに来たふたりの僧と慈徳も既に起きていた。

律秀が囲炉裏に鍋をかけて朝粥をつくり、皆の椀によそう。

僧たちは丁寧にお礼を言って受け取り、箸を手にとった。

ふたりの僧のうち、年上のほうは名を弦澄《げんちょう》、年下のほうは浄玄《じょうげん》という。ふたりとも慈徳と違ってほっそりした体つきだが、修行で足腰を鍛えられているので、動きは機敏だ。

呂秀よりも先に寺に入っていたが、同じ年頃なので付き合いは深かった。ふたりとも幼い頃に流行病で一家を失い、寺に引き取られたのだ。

律秀は呂秀に訊ねた。「畠はどうだった。今日も、怪しき気配はなかったか」

「ええ、何も。この結界の力は素晴らしいですね」

炉端では瑞雲が背を丸めて寝そべり、目を閉じていた。

律秀がつくった結界を強め、邪悪なものが入り込まないようにしてくれた。おかげで誰もが安らかに過ごせる。

弦澄が言った。「昨夜は、ずいぶん風が荒れていましたね」

浄玄は呂秀に訊ねた。「薬草の様子は」

「起きてすぐに確かめました。異変はありません」と呂秀は答えた。「ただ、外の田畠は気がかりです。こちらとは違って広いし、遮《さえぎ》るものもないので」

慈徳が横から言った。「薬草園はこの者たちが守るので、気になることがあるならすぐに見てまわろう。どうも近頃は異常だ。禍の根を取り除けるのは、そなたたちだけであろう」

呂秀はうなずいた。「疫病の一件からも察するに、このたびの怪異は、私だけでなく、この地すべてに呪《しゅ》をかけたいようです」

「なぜだ」

「わかりません。しかし、これほどの禍が立て続けに起きるのは、やはり何かがおかしいのです」

弦澄が言った。「慈徳さまからお話をうかがいましたが、ガモウダイゴという謎の男、物の怪と人とが半々に混じっているのではありませんか」

「というと」

「物の怪が死人に入り込み、操っているのかもしれません」

「だとすれば、なんともおぞましい話です——」

呂秀はガモウダイゴの白い顔を思い出し、また身を震わせた。

恐ろしい男でありながら、身のこなしには香気すら感じる品のよさが感じられる。いったい、どのような素性の持ち主なのだろう。

人なのか、物の怪なのか。

なぜ、この地に執着するのか。


朝餉を終えると、弦澄と浄玄は薬草園の手入れに向かった。

呂秀は椀や箸などを土間の手桶で洗った。

律秀は東の村で診た病者の記録を慈徳と共に整え、別の地で同じ病が流行ったときのために手引書をつくり始めた。

各々の用が一段落つくと、呂秀と律秀は慈徳を連れて、近くの田畠を見回るために薬草園をあとにした。

昨夜の嵐などかけらも感じさせぬ澄んだ空が広がっている。少し歩くだけで汗ばんだ。夜に嵐が吹く日は、すぐに過ぎ去ってしまうだろう。からりと暑い日が少し続いたあと、じめじめと雨が降る季節がやってくる。夏になる前の鬱陶しい時期の始まりだ。

最初に訪れた農人の畠を見て、呂秀と律秀は眉間に皺を寄せた。

いまは、芋も大根も、ぐんぐんと葉を伸ばしていく頃である。ところが訪れた畠では、大半の葉がぐったりとしおれて色褪《いろあ》せていた。このまま枯れるしかない株もあった。

これは――と慈徳が訊ねると、律秀は即座に「霜だな」と答えた。「この時期、夜半に嵐が吹き荒れると、大気が冷えて季節はずれの霜がおりる。伸びたばかりの柔らかい葉は、それにやられてしまうのだ」

草木は冬のあいだは寒さによく耐えるが、春先に芽吹いて広がる葉は薄いので、ふいに訪れる冷気に弱い。

「もうだめなのか、このあたりの畠は」

「冬のように毎日続く害ではない。寒さを耐え抜いたものは夏に向かって大きく育つだろう。秋に収穫できる量は落ちるかもしれんが」

律秀は農人に「しばらく、夜だけは藁を使って、霜よけをほどこしたほうがいい」と教え、それでもだめならすぐに知らせてくれと言い置き、次の田畠へ向かった。

いくつか巡っているうちに、三人は村全体の様子がおかしいことに気づいた。

霜の害なら、どこの田畠も似たような害をこうむるはずだ。

ところが、まったく害を受けていない畠もある。

同じように野ざらしになっているのに、なぜ、霜の害に差が出るのだろう。農人たちは同じ手順で田畠をつくり、育て、見守りを欠かさない。害を受けた畠の農人が、怠けているわけではないのだ。

これに気づいた律秀は、薬草園の周辺を描いた絵図を取り出し、木炭を使って、霜の害に見舞われた田畠だけに印をつけていった。

すべての田畠をまわり終え、あらためて絵図に目を落とした律秀は、ふむ、と考え込んだ。

「これは少々奇妙だな」

「何が、ですか」と呂秀が訊ねると、律秀は絵図を指さして答えた。「山側から海側へ向かって、何かが駆け抜けていったように見える。霜の害が太い筋をつくっている。天気のせいだけで、こんなふうに田畠がだめになるだろうか」

「確かに奇妙です」

「もっと詳しく調べてみよう」

「おお、これは」律秀に言われて畠を睨みつけていた慈徳が大声をあげた。

慈徳が見つけたのは、生き生きと育った大根の葉と、すっかり勢いを失ってしまった葉の境目だった。ひとつの畠の、向かって右側で育つ大根の葉には異常がなく、左側では葉が萎えている。

霜の害であれば畠全体が同じように萎えるはずだ。

ひとつの畠の中で、こんなにくっきりと、瑞々しい部分と萎えている部分に差が出るのはおかしい。

呂秀が律秀の顔を見た。「やはり、物の怪の仕業でしょうか」

「かもしれぬ」律秀は警戒しながらあたりを見まわした。「いま何か感じるか」

「いえ、まだ」

「ならば、近くにはおらんのだな。物の怪の仕業とすれば、いったいどういうつもりだろうか。本気で暴れたなら、根こそぎだめにしていっただろう。なぜ半分だけなのだ」

「要る分だけ食べたのではないでしょうか。畠のものの『気』を」

「大根や蕪《かぶ》の『気』を、か」

「はい」

「なるほど」

生きとし生けるものすべての中に「気」はあり、体内を駆け巡っている。病者の「気」を調えるには漢薬を使うが、その漢薬自体も、ただの草花であった頃には草木としての「気」を宿していたのだ。天地の恵みを受けた草木を食らう虫や獣たちは、草木の「気」を、そのまま体に取り入れているとも言える。人も同じだ。食事によって穀物や菜の「気」を取り入れ、命をつなぐ。

律秀は畦道《あぜみち》にかがむと、しおれた葉にそっと触れた。「気」の抜け具合を確かめるために指先でこする。

「物の怪ならば、草木を食うのではなく、『気』だけを吸い取る方法を知っていても不思議ではない。霜の害に見えるこれらの様相、実は物の怪による禍かもしれんな」

「では、田畠の番をしていれば、物の怪と出遭えますか」

「たぶん」

物の怪に気づかれぬようにするには、自分たちふたりと瑞雲だけのほうがいいと律秀は言った。慈徳は今回は草庵に留まってもらうことにした。

四

集落を見おろす高台は煌々と輝く月の光に照らされ、伊佐々王の影を、くっきりと浮かびあがらせていた。

耳を澄ますと、風に乗ってさまざまな音が聞こえてくる。

夜鳴く鳥に、葉擦れの音。虫たちは草叢で蠢《うごめ》き、かさこそと落ち葉を掻き分ける音がする。

野の生きものが放つ響きは心地よい。

ぬばたまの闇の中でも、皆、生きており生かされている。己もまた同じ理によってこの世にある。

ふと、背後に奇妙な気配を感じて、伊佐々王はふり返った。

月を背後にそびえる大岩に、品のよい顔立ちをした男が腰をおろして片膝を立てていた。降り積もったばかりの雪を思わせる純白の装束は、月光の下で自ら光を放っているかのようだ。男が身じろぎすると、袖に縫いつけられた鈴が、ちりん、ちりんと鳴った。

男は言った。「久しぶりの現世はどうだ。腹は膨れたか」

「我を甦らせてくれたことには礼を言う。だが、汝に隷属するつもりはない」

人間同士ならば恩人だと一生感謝するところだが、鹿である伊佐々王にとって、こんな男など、どうでもよかった。人の形をしている以上、油断できぬ相手なのだ。

「従えとは言っておらぬ」男は余裕たっぷりに言った。「近々この国は荒れるだろう。そのときに、おまえの力を借りたい」

「何か起きるのか」

「播磨、備前、美作。この三つの領土を守護する赤松満祐《あかまつみつすけ》は、室町殿に長く仕えてきた忠臣だ。ところが、いまの征夷大将軍こと足利義教《あしかがよしのり》は、満祐のような古くからの家臣たちをひどく嫌っている。皆、うるさく小言を言うばかりで、家臣による合議という形で政《まつりごと》に口を出し、将軍を好きに操ろうとしているとな。義教さまは、第三代征夷大将軍・足利義満《よしみつ》に憧れているのだ。北と南に分かれていた朝廷をひとつに戻し、有力大名の力を抑えて御所に権力を集中させた——あのように見事な将軍になるのだと燃えさかる熱意を抱いている。近頃では身近な家臣をひとりずつ追い払い、邪魔な大名は誅殺《ちゅうさつ》し、謀反を起こした者は配下の者に討ち取らせている。このまま進めば、いずれは満祐も同じ目に遭うだろう」

「我らの一族は生涯強い絆で結ばれるというのに、人はそれ以下なのか」

「人は、獣とはここが異なるのだ」男は指先で己の頭を叩いた。「まだ起きてもおらぬことをありありと想像し、恐怖を抱き、いらぬ心配をし、そこから逃れるためにあれこれと策を練る。己が行く末を勝手に確信し、己が運命を自らの手で支配しようとする。人は、それが楽しくてたまらぬ」

「汝もか」

「私は人であって人ではない」

「亡霊か、物の怪か」

「なみの陰陽師には止められぬ者だ」

伊佐々王はさらに怪しみ、両目を細めた。

男は優雅にふんわりと笑った。「おまえは人が憎いだろう。義教さまと満祐が争い始めたら、どちらかについて滅ぼすもよし、双方が戦で弱ったところに飛び込み、双方を滅ぼすもよし」

「汝も、義教や満祐とやらに恨みがあるのか」

「いいや、私はおまえと同じだ。すべての人に恨みがあるのだ」

「人でありながら、か」

「人にあらずと言ったはずだ」

「なるほど」

「私もできれば鹿に生まれたかったものだ。おまえのような誇り高い鹿にな」

伊佐々王は男の目をじっと見つめた。男の目には、伊佐々王自身の魂と似た何かが宿っているように思えた。「よかろう。我は人を信じぬが、汝のことは信じよう。義教と満祐は、いつ争うのか」

「仕込んだ種が芽吹くには少し時が必要だ。しかし、そう長く待たなくてもいい」

男の瞳が月下で燠火《おきび》に似た輝きを放った。「夏には真っ赤な花が咲くであろう」

五

田畠のそばで張り込むといっても、物の怪に見つからぬためには隠れる場所がいる。

呂秀たちは、田畠と家屋が近い場所や、すぐそばに、にわか雨をしのぎ、少し休める小屋がある場所を探した。

夜、草叢に潜んで見張るのは、毒虫や蛇に出くわすことを考えると危ない。狭くても、安心して隠れられるところがよいのだ。

広い畠を持つ農人が、呂秀たちに小屋を貸してくれると言った。

「ここらは、まだそんなに害は出ておりませぬ」と農人は言った。「まことに物の怪のせいなら、わしらにはどうにもできませんゆえ、お坊さまの力を借りるしか。小屋は遠慮なくお使い下さい」

「ありがとうございます。今日だけでなく、何日かお借りするかもしれません」

「いくらでもどうぞ。寝ずの番は腹がすくでしょう。夜中には麦飯でもお持ちします」

律秀は借りた小屋の出入り口に呪符をはり、物の怪の出入りを禁ずる結界をつくった。

交替で休みをとりながら、ふたりは借りた小屋で二晩畠を見張った。

瑞雲は神さまなので疲れぬのだろう。ふたりと違い、常に窓のそばに控えていた。

呂秀と共に起きているときには、しょっちゅう話しかけてきた。律秀には瑞雲の言葉を聞く力がないので、瑞雲にとって夜の半分は退屈だということはわかる。

三日目の夜、呂秀は小屋の土壁に穿《うが》たれたのぞき窓の前に立ち、これまでの日々と同じように暗闇に向かって目を凝らしていた。

月は今日が最も丸い。

明日からは少しずつ痩せていく。

「呂秀よ」

足下にいた瑞雲が呼びかけてきた。

呂秀は穏やかに応じた。「なんでしょうか」

「そなたは物の怪が怖くないのか」

「なぜ、そんな話を」

「何もかもが見えて聞こえる力は、信じてもらうのも容易ではなかったはずだ。ひとりで処するのは大変だったろう」

「父と兄は信じてくれましたから」

「ふむ」

「物の怪に慣れているわけではありません。恐ろしいものを見れば、いまでも身がすくみます。しかし、見えるということは、私も半ばあちら側にいる者なのではと、近頃では思うようになりました」

「自身を人ではないと考えるのか」

「いいえ、そうではなく。私は人以外の何者でもありません。毎日食べたり飲んだりしなければ動けず、すぐに病を得て苦しみ、喜怒哀楽に弄《もてあそ》ばれる弱き者。物の怪は迷わず、恐れません。こちらが退魔の呪文を唱えても、いつも口惜しそうに歯ぎしりしている。きっと、己が負けることなど、まったく考えぬのでしょう。なんと力強い存在でしょうか。でも人は違います。いつも負けています。負け続ける者は己の弱さを知り、他の人にも優しくなれる。もし、負けた者同士で足を引っ張り合い潰し合うだけなら、この世は地獄になり果てるでしょう」

「そなたは変わっておるのう。弱くも強くも見える」

「強いのは兄のほうです」

「おまえの強さは兄の強さとは違う。そなたの兄は、まれにみる明るさを備えた男じゃ。その心を支えているのは理だ。理とは、人をこれほどまでに明るくするのかと感心する。明るすぎて少々心配になるぐらいだ」

「兄のおかげで私は救われています。『あちら側』に引きずられず、人の世に留まれるのです。でも、兄のほうはどうだろうかと思うことはあります」

「己を足手まといだと」

「はい。私がもっと優れていれば、兄は気楽だったはずですから」

「それは違うな。そなたたちは、木組《きぐみ》と同じだ。木組とは何かわかるか。寺や神社をつくるときに使う技だ。二本の木材を継ぎ目が見えぬようにぴったりと合わせ、木材の長さを増したり、木材同士を直角に組んだりする。木材は組み合わせ方によって強さが増し、新たな形をつくり出せる。何十本もの木材をこの技で組んでいけば、りっぱな寺や神社ができあがり、屋根を支える柱のてっぺんに麗しい料栱《ときょう》を置くこともできるのだ」

　呂秀の脳裏に、見慣れた寺や神社の姿が浮かびあがった。

　自分たちが、壮麗な建物をつくりあげる木材にたとえられるのは不思議な気分だった。

兄はともかく、自分はそれほどの者だろうか。

この気弱な自分が。

そのとき、瑞雲がぴくりと両耳を動かした。

「来たぞ」とつぶやく。

呂秀は、月光に照らされた畠の彼方をじっと見つめた。

畦道《あぜみち》を大きな影が歩んでくる。

角の形から、おそらく鹿であろうと思われた。勿論、ただの鹿でなさそうだ。角は七つにも枝分かれし、異様に大きい。背中には何かが生えており、堂々たる体軀は威厳に満ちている。

呂秀はあとずさりして、眠っている律秀のそばへ寄った。暗闇の中で手を伸ばして律秀の体を揺すり、小声で呼びかける。「兄上、物の怪が出ました」

律秀はむくりと起きあがった。「やっと来たか」

「兄上はここで退魔の呪文を唱えて下さい。私のことは瑞雲さまが守ってくれますから、兄上は決して物の怪に見つからぬように。結界の中ならば、あの者たちは手出しできません」

「おまえはどうする」

「あの物の怪が田畠を荒らすのか、別に凶悪なものが潜んでいるのか、まず確かめます。悪意を持っているのであれば、理由を問い詰めます」

「何も答えぬかもしれぬぞ」

「答えるまで問い続けます。身の危険を感じたら、すぐにここへ逃げ込みますから」

「では、これを持っていけ」律秀は懐から人形《ひとがた》を一枚取り出し、呂秀に手渡した。「懐に入れておけ。いざというときに身代わりになってくれる。おまえがこれを持っていれば、私の術も届かせやすい」

呂秀はうなずき、小屋の戸をそっとあけた。

あたりは一面、田畠ばかりである。身を隠せる藪などはない。

数珠をしっかりと握りしめ、背筋を伸ばして歩いて行った。

近づくにつれて、ざわざわと葉擦れに似た音が聞こえてきた。

風も吹いておらぬのに不思議だ。

畦道を歩く影は徐々に大きくなり、呂秀は音の正体に気づいて驚いた。

影が、ゆっくりと立ち止まり、こちらを向く。

巨鹿の背には笹がびっしりと生え、身じろぎするたびに葉が揺れた。

こんな生きものはこれまで見たことがない。険しい眼差しで貫かれた瞬間、呂秀は動けなくなった。

冴え冴えとした瞳には、渓流の冷たさを思わせる色が滲む。

田畠から巨鹿に向かって風が吹いていることに気づいた。何かが吸いあげられていく。

これが、田畠の「気」を吸うということか。

豆や芋を引き抜いて食べるのではなく、葉や塊根《かいこん》から「気」だけを吸い取るのだ。「気」を失った稲や蕪や芋はぐったりとしおれ、それが人の目には霜の害を受けたように見える。

風が止まると、巨鹿の体はひと回り大きく膨《ふく》れあがった。野の生きものを統《す》べる大君のような風格がある。

さきほどから変わらず、黙したまま呂秀を見つめていた。

呂秀はようやく我に返り、声をかけた。「そなたは、ただの物の怪ではありませんね。野に生きる獣たちの王、さまよう霊たちの王なのですか。ならば、名を教えて頂けませんか」

巨鹿はなおも沈黙を守った。

口を半開きにして、ごうっと息を吐いた。

蒸気のような熱さが呂秀の顔面を打った。あまりの熱にあとずさる。何度も受ければ目がつぶれてしまうだろう。

瑞雲が、呂秀と巨鹿とのあいだに割って入った。

猫と鹿とでは大きさが違いすぎるが、少しも恐れる様子はない。毅然とした口調で言い放つ。「名乗らぬのは呪《しゅ》をかけられることを恐れてか。では、吾のほうからそなたの名をあててやろう。播磨国の伊佐々王。その昔、この地の長が討伐を命じた兵に追われ、渓谷で命を落とした巨鹿だ」

「こざかしい」巨鹿は苛立たしげに後脚で大地を繰り返し蹴った。「見逃してやるから失せろ。いまはまだ汝らと争うときではない」

「この者には、農人の暮らしを守る務めがある」

「我はこの地を守るために甦った。田畠の実りはすべて我への供物だ」

「供物とは、人が感謝と敬意を抱いて神に捧げるもの。おまえは人から敬意を受けるようなことをしたか。しておらぬであろう。ならば、自らそれを求めるものは神にあらず、ただの魔じゃ」

伊佐々王は大きく跳ね、瑞雲に躍りかかった。

背後に呂秀をかばっていたので瑞雲は逃げなかった。蹄が瑞雲を踏みつぶすかと思われたが、岩にあたってはじかれるように、伊佐々王は体ごと押し返された。

瑞雲がつくった見えない壁が、行く手を遮ったのだ。

伊佐々王は身をひねって体勢を整えた。大地を踏みしめ、顎を引き、今度は角を向けて突進してきた。

呂秀は数珠を握った右腕を突き出した。こうすることで、小屋の中で律秀が唱えている呪文が、よりはっきりと方向を見定めるはずだった。

雷を思わせる音が轟き、火花が飛び散った。

さきほどよりも強い力で、伊佐々王は見えない壁にはじき返された。

大気を揺るがす咆哮があたりに響きわたった。「なぜ我の邪魔をする」

「山へ帰れ、伊佐々王」瑞雲は幼子を諭《さと》すように言った。「麓は既に人の土地だ。おまえが棲める場所はない」

「大地は野に棲む生きものの場所。人こそ我らに従え」

呂秀が叫んだ。「確かに、大地は野の生きものの棲み処です。しかし、人を育てる場所でもあるのです。御仏はすべての命を慈しみます。命は皆ひとつしか持てず、それゆえ、誰の命も等しく尊いのです」

伊佐々王は大きく頭を揺すり、再び呂秀たちに向かって突進した。

鋭い角の先が見えない壁に突き刺さった。岩を擦り合わせるような嫌な音をたてながら、じりじりとこちらへ迫ってくる。

「呂秀よ」瑞雲の声が耳元で響いた。「吾が抑えておくから、そなたは小屋へ戻れ。あちらのほうが安全だ」

「しかし」

「話を聞く相手ではなさそうだ。吾がこやつの力を奪い、山へ帰す」

鉄《くろがね》を打ち鳴らすような音が響きわたった。

瑞雲が押されていることに呂秀は驚いた。想像以上に形勢が悪いのだ。

「戻るなら、瑞雲さまも共に」と呂秀は叫んだ。「兄が守ってくれます。私は大丈夫です」

「いかん。こやつは火の山のように怒っておる。見ろ」瑞雲は鋭く言い放った。「誰かが、こやつの恨みを呪文で膨れあがらせたのだ。この憎しみを直に浴びたら、人など、あっというまに焼け焦げてしまう」

数珠をさらに強く握ると、呂秀も退魔の呪文を唱え始めた。

伊佐々王が憎いのではない。

ただ、田畠以外で糧《かて》を得てほしい——その想いを強く念じ、言葉に載せた。

突き出した腕に、じわじわと押してくる力がかかる。自分と律秀の力も加わっているのに、伊佐々王の力はそれを上回って強い。

「ガモウダイゴだな」と瑞雲がつぶやいた。「この鹿にこれだけの力を与えられるのは、奴しかおらぬ」

怯えが背筋を走り抜けた。それは幼い頃、ガモウダイゴと初めて遭ったときに感じたものと同じだった。

あの男は、母の魂を連れ去った。

数々の禍を受けたあとでは、かつて目にしたあの光景の意味が変わってしまった。

ガモウダイゴは、なぜ、自分たちにつきまとうのか。自分たちに強い恨みを抱いているのであれば、あの男は、母の魂もどこかへうち捨ててしまったのではないか。御仏のもとへ送ったのではなく、荒野に放り出したのだとすれば、母はいまでも現世をさまよい、成仏できずにいるかもしれない。そう考えると胸が張り裂けそうだった。

あきつ鬼をほしがり、母の魂を惑わせたかもしれないガモウダイゴ。考えれば考えるほど心が乱れる。怒りに体が熱くなり目が眩《くら》む。

そんな呂秀の激しさに呼応したかのように、突然、たたら場の炉が壊れたかの如き音が響き、炎が目の前に溢れた。伊佐々王が炎を放ったのかと呂秀は錯覚したが、そうではなかった。突き出していた腕は軽く、いつのまにか押される感触も消えている。

伊佐々王の力を上回る何かが、静かにその場を満たしていく。

炎の中に、見慣れた者の背中が浮かびあがった。

龍の鱗にも似たぎらつく赤い肌。大岩の如く逞しい体に腕は四本、脚は大樹の幹のように太い。猪や熊に似た剛毛に覆われた下半身から、長い尻尾が伸びて揺れていた。

人に似ているが、人ではない。

この世で最強の異形たる者。

揺れる炎をまとったまま、それは、ゆっくりと呂秀をふり返った。

大きなふたつの目と、その上にある小さなふたつの目が輝く。口の両端を吊りあげ、牙を見せて、凶悪にも見える独特の笑みを浮かべた。

——あきつ鬼。

「待たせたな」と、あきつ鬼は悠然と言い放った。

久しぶりに聞く声は以前と同じく、どこか剽軽《ひょうきん》で愛嬌があった。

懐かしさと安堵に見舞われ、呂秀は思わず涙ぐみそうになった。さきほどまで我が身を焼いていた怒りが、氷が解けるように消えていく。

あきつ鬼は瑞雲と呂秀を背後にかばい、伊佐々王と向き合った。

揶揄《やゆ》を含んだ調子で言った。「おい、子鹿よ。今日は見逃してやるから、さっさと山へ帰れ」

子鹿呼ばわりされた伊佐々王は、目に暗い色を滲ませた。「山も野も我らの住み処だ。汝の指図は受けぬ」

「そうか」

虎の如く地を蹴ると、あきつ鬼は伊佐々王に襲いかかった。

鋭い爪を持つ両腕を交互にふるい、伊佐々王の体を切り裂いていく。背中の笹が折れ、何本も吹き飛んだ。

伊佐々王は唸り声をあげて身をひねり、角をふるってあきつ鬼にぶつかり、地面に叩き伏せた。

あきつ鬼はすぐに跳ね起き、ごうっと炎を吐いた。しかし、伊佐々王自身も青い光を放ち、あきつ鬼の熱に対抗する。

ふたりは正面からぶつかった。

あきつ鬼の両腕が伊佐々王の角をつかみ、そのまま大地にねじ伏せようと力を込める。二の腕が膨れあがり、鉄のように硬くなって伊佐々王の動きを封じた。

いっぽう伊佐々王は倒されまいとして踏ん張り、繰り返し地面を蹴った。角はいつしか炉の熱さを帯び、あきつ鬼の掌をじりじりと焼き始めた。

歯を食いしばったあきつ鬼の口から呻き声が洩れる。ここまで互角に戦える物の怪など初めてなのか、目尻からも炎を噴き出しそうな勢いだった。

呂秀は再び心を掻き乱された。

これがあきつ鬼の本性、私が知らないまことの姿なのか。

「強情な奴だ。なぜ山へ帰らん」あきつ鬼は怒鳴り声をあげた。「山にはおまえの仲間が大勢おろう」

「我を知る者など、もはやいない」伊佐々王も激しく言い返す。「残っているのは子孫だけだ」

「じゃあ、おまえはいま、ひとりぼっちなのか」

「それがどうした」

「いくら力が強くても、仲間がおらぬ世はさぞ寂しかろうな。山ではなく、さっさと冥界へ戻ったらどうだ」

「鬼の指図など受けぬ」

あきつ鬼の掌から煙が立ちのぼる。

鬼と鹿とがひとつの炎に包まれていく。

呂秀は悲鳴をあげた。「もうやめなさい。ふたりとも燃え尽きてしまう」

「ここまで来て退《ひ》けるものか」あきつ鬼が朗らかな声で言った。「わしは鱗を持つものだ。そう簡単には燃え尽きん」

あきつ鬼と伊佐々王はどちらも退かなかった。戦うことで、お互いの心がどこかで通じているかのようにも見えた。

このまま融け合ってしまいそうな様相を、呂秀はおろおろと眺めるばかりだった。もはや、どうすればいいのかわからない。瑞雲もただ状況を見守るだけだ。

刹那、凍てつくような冷たい声がその場に響いた。「伊佐々王、もうそれぐらいにしておけ」

呂秀は視線を巡らせ、声の主を探した。

近づく気配もなかったのに、ガモウダイゴが畦道に立っていた。いつもと同じく白い浄衣《じょうえ》をまとい、涼しい顔でこちらを眺めている。

ガモウダイゴは伊佐々王に向かって手招きした。「おまえには大切な役目がある。今日はおとなしく退くがいい」

伊佐々王が不満げに鼻を鳴らす。「退けと言われても、この鬼の馬鹿力が我の角を捉えて離さぬ」

ふっと笑ったガモウダイゴは、右手を持ちあげて人差し指をふった。

あきつ鬼が「うおっ」と声をあげて伊佐々王の角から手を離した。濡れた手の雫を払うように、両手をせわしく上下にふる。

呂秀はすぐにあきつ鬼の手をとった。分厚い掌がどす黒く腫《は》れていた。百足《むかで》にでも咬まれたかのようだ。

あきつ鬼は顔をしかめて「嫌な毒気を流し込まれたようだ」とぼやいたが、少しも動揺の気配はない。こんなものは放っておけばすぐに治る、といった顔つきだ。

伊佐々王は、あきつ鬼を睨みつけたまま、あとずさりしていった。

ガモウダイゴが伊佐々王の首の真後ろにまたがり、なだめるように首筋を軽く叩いた。

「そろそろ、このあたりの田畠には満足しただろう。もっと美味《うま》いものを食える土地へ連れていってやろう」

「まことか」

「畠のものばかりでは力がつかぬ。野の荒々しさに富んだ『気』も必要だ。さて、あきつ鬼よ」親しい友にでも語りかけるように、ガモウダイゴは言った。「近々また会おう。次に会うときこそ、おまえは私のものだ」

ガモウダイゴは高らかに笑い、踵《かかと》で伊佐々王の体を蹴った。

巨鹿は軽々と跳び、妖しき者たちは疾風の如く駆け出した。その姿はすぐに見えなくなった。

呂秀はその場にへたり込んだ。

緊張がとけて何も考えられなかった。

瑞雲が寄り添い、体をこすりつけてきた。

生きものの温もりがありがたかった。荒《すさ》んだ心が少しずつ落ち着いていく。

呂秀は座り込んだまま顔をあげ、「あきつ鬼」と声をかけた。「よくぞ無事に戻ってくれました。備中国の青江さまは、なんと仰っておられましたか」

「刀づくりのお願いは、無事、受け入れて下さった。そこの猫が、日ごとにおまえたちの働きを刀匠に伝えていたようだ。刀を仕上げるには手間がかかるから、備中国へは、ゆっくりと参られよとのことだ。わしが護衛につくから安心せい。さきほどの奴には邪魔させぬ」

「草庵へ戻ったら、旅先での話を聞かせておくれ」

「勿論だ」あきつ鬼は少し沈んだ声で言った。「詳しくは、あちらで話そう」

六

呂秀と律秀は小屋を貸してくれた農人に礼を言い、「いま以上の害が田畠に出ることはないでしょう。でも、何かあったらすぐに知らせて下さい」と伝えて帰路についた。

草庵に戻ると、慈徳とふたりの僧は畠に出ているのか姿が見えなかった。

呂秀たちは井戸の水で体を洗い、粥をつくって食べ、ようやく、ほっと一息ついた。

椀を片づけ終えると律秀は、「私には人以外の言葉はわからぬから、共にいても仕方がない。先に休ませてもらうぞ」と言って炉端に寝転がった。

昨夜は小屋の中から退魔の呪文を発し続けたのだ。精根使い果たしたのだろう。すぐに眠りに落ちた。

「吾も邪魔になってはいかんな」と瑞雲が言った。「外へ出ておるから、何かあればすぐに呼ぶがいい」と言い、ふっと姿を消した。

呂秀は、あきつ鬼と向き合った。

あきつ鬼は、しばらく黙っていた。

どこから話せばいいのか——と迷っているふうだった。

珍しい。

この鬼が、これほどためらう姿を見せるのは初めてだ。

やがて、あきつ鬼はおもむろに口を開いた。「備中国は、わしにとって不思議な地だった。足を踏み入れた瞬間、なんともいえぬ懐かしさが込みあげてきた。初めて訪れたはずなのに、ここは生まれ故郷かと感じたほどだ。大気の匂いも澄んだ水の冷たさも、南側に広がる海の色も、大昔からよく知っていたような気がする」

「ガモウダイゴは、おまえを『遥か昔、吉備国に生まれし者』と言いましたね。まことだったのですか」

「はっきりとはわからぬ。だが、この『わし』という形は、もしかしたら道満さまが与えて下さったもので――備中国が他の三つの国と併せて吉備国と呼ばれていた頃には、わしは己を持たぬただの熱の塊、形のない存在だったのではなかろうか。だから昔のことを、何ひとつ思い出せぬのかもしれぬ」

なるほど。筋は通っている。

道満さまは、かつて、なんらかの事情で吉備国に向かわれ、そこで、あきつ鬼の元となった霊と出遭ったということか。

呪とは言葉だ。

言葉は形のないものに形を与える。見えぬものに名をつけると、そこに確かに在ると感じられるようになる。

道満さまの言葉があきつ鬼の姿を形づくり、この世に存在する価値を与えたのだとすれば、あきつ鬼が道満さまを尊び、親の如く慕う気持ちもよく理解できる。

己を生み出してくれた存在なのだ。子が親を慕うような心が、あきつ鬼にはあるのだろう。

呂秀は続けて訊ねた。「鬼の言い伝えのほうはどうでしたか」

「備中国の人々は、さまざまな鬼の話を知っておった。温羅の言い伝えが、村ごとに形を変えて伝わっているようだ。時が経てばいくつかは消え、別々のものが組み合わさってひとつとなるのだ。長い歳月の果てには、誰もが覚えやすい物語だけが残る」

「鬼の言い伝えと己とのあいだに、何かつながりを感じられましたか」

「わしのこの姿は、確かに、温羅の言い伝えが元になっているのだろう。この世で最も恐ろしい鬼、強い鬼、といえば備中国では温羅じゃ。道満さまは、それを手本にわしの姿を決めたのかもしれぬ。だが、そうであるならば、この肌の色はなんだ。鉄のように硬い鱗が生えているのはなぜだ。燃えるようなこの色は、まるで、たたら場の炉で溶けていく小鉄のようではないか。吉備国は古き世において、最も多く鉄をつくっていた国だ。いまはすっかり廃《すた》れてしまったが、西の地方では、吉備国が鉄づくりの発祥の地なのだ。道満さまが生きていた頃、それは最も盛んだったはず。陰陽師の始祖・吉備真備《きびのまきび》さまも吉備国の方だ。鉄づくりと陰陽師の始まりが、近い時代に吉備国に集まっている。これは、たまたまとは思えぬ」

あきつ鬼は己の両手に視線を落とし、力を込めて握りしめた。「わしの出自には、たぶん鉄づくりが関わっている。だから、播磨国のたたら場を訪れたとき、わしの中で何かが急に目を覚ましたのだ。青江の匠も、そう考えておられた」

「匠が、おまえの正体を言い当てられたのですか」

「陰陽師以外の者が、そう簡単に、人ではないものの本質を見抜けるとは思えぬ。だが匠は、はっきりと仰った。『そなたの魂には、鉄と炎が流れておるようだ』とな」

鉄と炎。

たたら場そのものだ。

播磨国のたたら場で、ガモウダイゴがあきつ鬼を挑発したのは、これが理由か。あきつ鬼の中にある何かを、本気で目覚めさせようとしたのか。伊佐々王を現世に甦らせたように。

鉄は、農具だけでなく刀にも変わる。

刀とは戦の道具だ。

どこかで戦が起きようとしており、ガモウダイゴは、そこで、あきつ鬼の力を刀のようにふるいたいのだろうか。

そういった使役のし方は、呂秀によるあきつ鬼の扱いとは対極にある。

呂秀は、人を救うためにあきつ鬼を使う。

だが、ガモウダイゴは、人を殺《あや》めるためにあきつ鬼を使いたいのか。

秘密に近づけば近づくほど、ガモウダイゴに対する不安と憎しみが再び頭をもたげてくる。

あきつ鬼は続けた。「時が満ちれば、おまえはわしをこの世から消してくれると言ったな」

「ええ。私がこの世を去る直前には」

「諸々から考えるに、匠から守り刀を受け取ったら、すぐに、わしを消したほうがいいのではないかな」

呂秀は驚きのあまり頬をひきつらせた。「何を言うのですか」

「わしの中には、ガモウダイゴに操られやすい何かがあるのかもしれん。奴はそれを熟知しているのではないか。わしの本性が鉄と炎ならば、奴の誘いに抗しきれぬかもしれん」

「おまえの主は誰ですか」呂秀は口調を荒らげた。「私よりも、ガモウダイゴのほうがいいのですか」

「いや、そうではないが」

「役目を終えてこの世に未練がなくなるまで、おまえは私の式神です。時が満ちるまで、決して私のそばから離れてはいけません」

あきつ鬼は大小の目で、呂秀をじっと見つめた。「おまえでも、そのように激しく揺れることがあるのか」

「私は理を説いているだけです」

「そうは聞こえぬぞ。おまえ、ガモウダイゴやあの鹿が、そんなに怖いのか」

呂秀はあきつ鬼を睨みつけ、口をつぐんだ。

昨晩、自分はこれまでにないほどの怒りを、ガモウダイゴに対して抱いた。母に対する思慕があったとはいえ、僧としては、このうえなく情けない感情だった。ことにあきつ鬼に対する執着は、ガモウダイゴの出現によって初めて自覚したものだ。

俗世の疑念や煩悩を、修行によって乗り越えてきたからこそ、僧として独り立ちできたはずなのに。

なぜ、こんなささいなことで、嵐の日に川で翻弄される木の葉の如く揺れるのか。

いまの自分はおかしい。何かに惑わされている。自ら、惑いの道に踏み込んでしまったかのようだ。

呂秀の動揺をみてとったのか、あきつ鬼は爪の先で頭を掻きつつ、剽軽な調子で言った。

「まあ、わしとしては、おまえがりっぱすぎる僧であるよりは、それぐらい頭がよろしくないほうが安心できる」

「それが主に対する物言いですか」

「おまえは優しくて真面目な僧だが、所詮は、ただの小さき者でもあるのだ。世を恨み、世に怯え、世をはかなむ心が、僧になってからも胸の奥に微かに残っている。きっかけさえあれば、それが容易に燃えあがることを忘れてはいかん。煩悩を風の如く受け流して生きるのが僧であろうが、人の心を超えてしまった者が、現世で苦しむ凡俗な人々を救えるとは思えぬ。そこまでよくできた者とは、神か仏であろう。おまえは神や仏になりたいのか。なれると思うのか、自分が」

「私は仏の言葉を伝える者であって、自身が仏なのではありません」

「それでいい。わしは、そのようなおまえにこそ、ついていきたい」

熱に浮かされた体が穏やかに冷めていった。

己の式神に理を説かれるとは見悪《みにく》きことだが、ときには、こんな日があってもいい。

呂秀は言った。「おまえの本性が鉄と炎から逃れられぬのであれば、田畠を耕す鍬や鋤となり、朝夕の粥や汁をつくるための鍋でありなさい。炎は鍋を温め、人の体を温める囲炉裏の火でもあります。命を育み、命を救う、それが播磨国の法師陰陽師の務めです。おまえが私の式神である以上、我らと同じ志を持てばいい。ガモウダイゴが何を語ろうが、おまえが信じなければ、それはまことにはなり得ません」

あきつ鬼は満足げに息を吐いた。「では、わしはいまのままでよいのだな」

「ええ、そのままで在りなさい」

「では、急ぎ、青江の匠から守り刀を頂きに参ろう」

二日後、呂秀と律秀は慈徳を連れて備中国へ旅立った。

律秀と慈徳の目には見えなかったが、あきつ鬼と瑞雲も、一行を守るために寄り添った。

第五話

鵜《う》飼《かい》と童子

呂秀と律秀が播磨国を離れていたあいだ、ひとりの男がこの国で奇妙な体験をした。

伊佐々王と直接の関わりはないが、人と野に生きるものとが、お互いのあいだに横たわる溝をほんの一瞬だけ飛び越えた――そんな不思議な物語である。

第五話　鵜飼と童子

一

猿楽師の竹葉《ちくよう》は、瀬戸内を巡業する一座の中で生まれ、猿楽師たちの生き方を見ながら育った。

幼い頃より、猿楽の舞台を観るのが好きで好きでたまらなかった。

竹葉の両親は舞手ではなく、舞台で使う道具や装束をつくっていた。地味だが皆から感謝される役割だ。

こういった働き手がいなければ舞台は立ちゆかない。人目を惹《ひ》く小道具を考案し、煌《きら》びやかな装束をつくり、手入れする。ほころびれば修繕できる者がいてこそ、華やかであるべき舞台の印象を損なわずに済む。

やがて、竹葉は自分の一座の舞台だけでなく、他の地方から訪れる旅芸人の技にも目を輝かせ、胸をときめかすようになった。

いつかは自分も誰かを喜ばせるために舞ったり、笛を吹いたりしたい。

見よう見まねで舞う幼い竹葉の仕草を、一座の者たちは面白がり、年配の猿楽師たちは軽く稽古をつけてくれた。

大人たちにとって、それはただの戯《たわむ》れだった。

竹葉の父母に対する日頃からの感謝を、目に見える形にしただけである。

竹葉だけが、本気で受けとめた。

才の有無ではなく、幼い子が懸命に舞う姿が愛《め》でられているだけだ——とは露ほども思わず、教えられた通りに体を動かすことが、うれしくてたまらなかった。

そういった心の在り方は、山奥で密かに水を湛《たた》える泉とよく似ていた。少しずつ大人に近づく中で、舞への情熱は、自ら心の中に湧いてくるものだと竹葉は気づいた。

とめどなく湧き続ける以上、溜まった水はどこかへ流さねばならぬ。でなければ心の中が水浸しになってしまう。

この泉がいつかは涸れるのか、いつまでも湧き続けるのか、竹葉には見当もつかなかった。

一座の舞手にそっと訊ねてみると、芸事に関わる者は誰でも心の中に泉を持っているのだ、と教えられた。それが永遠に湧き続けるか、どこかで涸れてしまうのか、判じられる者は誰もおらず、本人にもわからない。だから、恐ろしく、面白くもあるのだと。

己は人よりも劣っていると自覚しながら、決して舞をやめぬ者がいる。

誰からも称賛を受けずとも、舞い続けられる者がいる。

皆から誉めそやされていながら、あっさりと芸の道を捨てる者もいる。誰もがほしがるその才が、本人にとってはどうでもよく、才が本人にとって苦痛でしかないこともあるのだ。

こういった話は、本気で舞手を目指していた竹葉にとって、血が凍るような恐ろしいものに感じられた。

稽古によって鍛えた力は、必ず身につくと考えていた。才が涸れる日が来るとか、才を持つこと自体が重荷になるなど想像もできなかった。

ただ上手くなりたい、美しく舞いたいと、心はそこにしかなかった。

舞い続けるうちに才が涸れてしまうなど、想像するだけで身が震える。自分も、いつかそうなってしまうのか。才が尽きた舞手は、どうやって生きていけばいいのだろうか。失ってしまえばあきらめがつき、何も考えずに生きるようになるのか。

突き詰めて考えると、それだけで力が奪われ、心の中の泉が涸れてしまいそうな気がした。

あるとき、竹葉は一座の大夫に呼ばれ、「まことの舞手になりたいのであれば、播磨国の一座を紹介してやろう。ひとりでそこへ行き、住めるか」と問われた。

なぜ、こちらで学び続けられないのですかと竹葉が訊ねると、大夫は残念そうに言った。

「うちの大きさでは、これ以上、新しい猿楽師の面倒を見られない。それに、小道具係の子が舞手になったのでは、舞手だけを目指して励んできた者が妬《ねた》むであろう」

一座の人々は、皆、善良で仲がよいと思っていたので、竹葉はこのとき初めて人の心の暗さを知り、どうすればいいのかわからなくなった。

そうか、自分は、ここにいるだけで迷惑なのか。

大夫は続けた。「おまえには少し変わった才がある。舞は決して上手くないし、天賦《てんぷ》の才に恵まれているわけでもない。だが、下手というのとも違う。ときどき、はっとするほどの煌めきが感じられる。人真似だけでは得られぬ見事な輝きだ。だが、なぜかその輝きがそのまま続かない。鍛錬が必要なのだ。私ではその才を伸ばしてやれぬ。もっと偉大な導き手が必要だ。播磨国の寿座《ことぶきざ》はうちよりも大きく、一座の長・常盤大夫《ときわだゆう》は目が高い。一座には大勢の猿楽師がおり、さまざまな才の在り方に触れられる。そのような場で学べば、いまはまだ荒削りにすぎぬおまえの才も、いつかはまことの魅力を発揮できるだろう」

自分を思ってくれての処遇なら、従わぬわけにはいかない。

父母と一座の仲間に丁寧に挨拶したのち、竹葉は、播磨国の寿座を目指して旅立った。

皆の期待を裏切ってはならぬと、竹葉は寿座で人の何倍も熱心に学んだ。

先達の舞を観て心を動かされると、何度もそれを真似てみた。常磐大夫の屋敷の庭で、月明かりの下、納得できるまで一心不乱に舞い続けることもあった。

竹葉は、そういった鍛錬が、まったく苦にならなかった。寿座には優れた舞手が大勢いた。竹葉など舞手の中では一番下だ。しかし、高い目標が目の前にあると、稽古が楽しくて仕方がなかった。

仰ぎ見れば常磐大夫だけでなく、紅扇《こうせん》、白扇《はくせん》といった生まれながらの舞手とでも呼ぶべき先達がいて、超絶的な技巧で舞っている。それを手本にできるのは夢のようだった。

寿座に来て、何年もの歳月が流れた。

蒼柳《そうりゆう》という新たな才を備えた若人が現れ、紅扇が病に倒れて逝《い》っても、竹葉はまだ黙々と鍛錬を続けるだけで、シテ（主役）を任されたことは一度もなかった。

ワキ（脇役）の経験すらない。

いつもツレ（シテやワキが連れてくる者の役）で、ときには舞台に上がらぬ年もあった。

さすがの竹葉も焦りを覚え、酒宴の席で荒れたり、口からでまかせの自慢話を農人に聞かせたりして、あとで恥ずかしくなることもあった。

あるとき、法師陰陽師の律秀に悩みを相談したところ、じゅうぶんに話を聞いてもらえて、後日、気鬱の薬も方《ほう》じてもらえた。おかげで多少は邪念がはらわれ、己の小ささをあらためて知り、心が落ち着いた。

元号が嘉吉となった年の初め、日々の稽古が終わったあとに、竹葉は常盤大夫から呼び出された。

大夫は言った。「おまえに任せたい大切な役がある」

竹葉の胸の奥で大きな火花が生じた。

喜びの震えが全身を駆け巡る。

ようやくか。

ついにワキを担えるのか。

これまでの励みが報われたか。

落ち着かない態度が表に出たのか、常盤大夫は笑みを洩らした。「『鵜飼《うかい》』の前《まえ》シテを任せたい。やれるか」

心臓が跳ねあがった。

前半だけとはいえ、シテを任されるとは、なんという幸せか。

しかし、『鵜飼』の前シテと言えば――。

胸の内に広がる不安を押し殺しながら、竹葉は訊ねた。「ありがたきことですが、私に務まりましょうか。『鵜飼』の前シテは翁《おきな》です。私とは、あまりにも歳が離れすぎております」

「だからこそ選んだのだ。翁と同じ年頃の猿楽師にこの曲を舞わせても、面白くもなんともない。若い者が工夫して翁になりきるからこそ、観る側は面白がり、目を惹きつけられるのだ」

確かに、それは猿楽の醍醐味である。

人が人ではない亡霊や化け物を演じ、男が天女や鬼女を演じるからこそ、その意外性に観る側は沸く。古《いにしえ》の武人の勇ましき物語に魅せられ、潔い死に涙し、死してなお現世をさまよう悲しさに胸を打たれるのも、その者たちが現世にはもう誰も残っておらず、己とのあいだに遠い隔たりがあるからだ。

翁の役であれば面《おもて》をつけるので、舞い方や姿勢を工夫すれば、若い舞手でも老人らしくふるまえる。

だが、道理としてわかっていることと、実際にできるかどうかは別だ。

「竹葉よ」常磐大夫は穏やかに言った。「おまえが誰よりも熱心に励んでおるのは知っている。励むわりには伸び悩み、苦しんでおることも。『鵜飼』の前シテを担えば光を見出せるだろう。完成までにどのような道を辿るのか、それは私にはわからぬ。おまえがひとりで見つける以外にないのだ」

「道ですか――」

「まずは己を信じなさい。おまえは誰よりも猿楽を知っておる。いまこそ、心の中にあるものをすべて解き放て。それができたとき、おまえは白扇や蒼柳にも追いつけるだろう」

二

夕餉を済ませたあと、竹葉は常磐大夫の屋敷の庭へ出た。

屋敷は、大夫や一座の者が住む棟と、稽古場がある棟に分かれている。稽古場は他の者も交えて使う場だが、庭は誰でも自由に使える。

役作りのためにあれこれ試したいとき、一座の者は、よく、庭の片隅でひっそりと舞っていた。花や木や池泉の匂いを感じながら体を動かしていると、意外な工夫を思いつくことがある。猿楽とはまことに、現世《うつしよ》と常世《とこよ》のすべてと一体となって完成されるものなのだろう。

月が明るい夜には、稽古場の庭側の戸が開け放たれる。

月なき夜には庭に篝《かがり》を置き、薪に火をつけて灯りとする。鬼や亡霊が登場する演目を稽古するには、ぴったりの雰囲気である。だが、面をつけ、わずかな灯りだけで足下を間違えずに舞うには、優れた才が求められる。

庭の片隅で、竹葉は夜空を見あげた。

上弦の月は西に傾き、あとしばらくで没する位置にある。

何度目かの溜め息が洩れた。

いまの竹葉にとって、『鵜飼』の前シテは、やはり難しく感じられた。

全き舞とするには、ふたつの点を、しかと押さえねばならぬ。

ひとつは、年若き己が翁を舞うための工夫だ。

歩き方、扇の使い方、若人そのままの生気に満ちていては不自然だ。

と同時に、この前シテはただの翁ではなく、鵜使いでもある。

老いても川へ船を出し、鵜を何羽も操って漁をしているのだ。よろよろした病弱な翁とは違う。

生きものである鵜を操り、鵜が呑んだ魚を吐かせるのだから、手際よく、きびきびとした動きであらねばならぬ。そこには当然、働く者の美しさも必要だ。

もうひとつの難しさは、この作が何を伝えようとしているのか、舞台を観る客にどう示すのかという点にある。

『鵜飼』は非業《ひごう》の死を遂げた翁の亡霊が、かつて一夜の宿を貸した旅の僧たちの回向《えこう》によって、無間《むけん》地獄に堕ちるのを免れて極楽浄土へと至る――という、仏教説話の形をとっている。

生前に僧を助けた功徳が認められ、殺生の罪が許されるのである。

この鵜使いは、若い頃から川で魚を捕って暮らしていた。殺生だとわかっていても、鵜を使う漁が楽しくてたまらず、いつまでもやめられなかったのだ。

あるとき鵜使いは、里で泊まる場所を見つけられずに困っていた旅の僧を己の家に招き、もてなして、一夜の宿を貸した。僧は鵜使いに感謝しつつも、その暮らし方を知って、「あなたがやっておられるのは殺生ですよ」と諭す。鵜使いは僧の言葉に少しも怒らず、ごもっともなことです、しかし、若い頃からやってきたことなので、いまさらやめられないのですと語る。

僧が立ち去ったのち、鵜使いは甲斐国《かいのくに》の石和川《いさわがわ》へ漁に出た。

この川は近くに寺があるため、その領内となる上下《かみしも》（川の上流と下流のあいだ）三里は禁漁とされていたが、鵜使いはそれを知らずに川へ入り、村人に捕まってしまう。

両手を合わせて必死に許してくれと頼んだが、鵜使いの願いは受け入れられなかった。怒った村人たちは鵜使いを簀巻《すま》きにし、水底へ突き落とす。鵜使いは哀れな最期を遂げ、亡霊となって現世をさまよい続けることとなった。

ある日、かつて鵜使いが宿を貸した僧が、高僧の供として鵜使いの地を再び訪れる。鵜使いの亡霊の昔語りを聴かされた高僧は、憐れみを覚え、鵜使いの魂を弔う。僧たちのおかげで、鵜使いはようやく安らかに成仏する。

猿楽としての見せ場は二ヶ所だ。

ひとつは、鵜使いの亡霊が漁の楽しさを高僧一行に披露する場面。魚を捕る暮らしの楽しさと喜びを、にぎやかな楽の音と舞によって表す。ここは「鵜ノ段」と呼ばれている。

殺生を続ける暮らしは、仏教から見れば暗く罪深き道である。

獣や鳥や魚を食べなくても人は生きられるらしい。そのような暮らしをする僧たちがいるという。宗派の違いに関係なく、食べたい者は食べ、食べたくない者は穀類や根菜だけの食事を摂るのだ。

肉を食わぬ僧から見れば、鵜使いの行いはただの殺生である。

だが、鵜使いにとってはこれこそが生き甲斐だ。前シテは、これを舞によって強く印象づけねばならない。

自信と後悔が、ひとりの男の中に同時にあるのだ。だからこのふたつを、水と油のように別々に演じてはならない。ふたつがつながり、混じり合っているさまを、流れるように演じるのだ。葛藤があるからこそ鵜使いは現世への未練を断ち切れず、亡霊としてさまよっているのだから。ここは、人の業《ごう》が率直に語られる場面ゆえ、前シテにとっては最大の見せ場となる。

もうひとつの見せ場は、高僧による弔いで鵜使いが成仏したのち、その場へ現れる後《のち》シテ、閻魔《えんま》大王《だいおう》の語りである。

閻魔大王はこの罪深い鵜使いを無間地獄へ堕とすつもりだったが、かつて僧に宿を貸した善行を知り、「どれほど罪深い者であっても、功徳を積めば極楽浄土へと至れるのだ」と説く。

これは、息を詰めて舞台を見つめてきた観客たちへの言葉でもある。高僧に言わせるのではなく閻魔大王に語らせることで、説話の堅苦しさを減じているのだ。

閻魔大王は竹葉による早変わりではなく、別の者が担う。

舞い終えた竹葉は舞台の端に座り、自身も観客のひとりとなって閻魔大王役の舞を観る。

閻魔大王役は金糸をふんだんに使った煌びやかな装束をつけ、燃えさかる炎の如き真っ赤な長い髢《かもじ》をかぶり、小癋見《こべしみ》の面をつける。後シテに相応しい華やかさだ。

笛と鼓と太鼓はにぎやかに鳴り、地謡《じうたい》は力強く歌い、舞手は足を踏みならして壮麗に舞う。

地味な仏法説話を楽しく締めくくり、観る者を喜ばせるのだ。

竹葉が身につける鵜使いの装束は、本物の鵜使いに似せた地味なものである。

漁衣に腰蓑をつけ、翁らしく白髪の髢をかぶり、翁の面をつける。右手には小道具のたいまつ、左手には鵜籠《うかご》に見立てた扇を持ち、脇の下に抱える格好をとる。

閻魔大王とは正反対の、小さき庶民の姿だ。

しかし、物語前半のシテなのである。

閻魔大王の華やかさに負けぬ充実した舞を、その地味な格好で竹葉は見せねばならぬ。閻魔大王のほうが目立っては、物語としての意味が損なわれてしまう。前シテあっての後シテだ。

閻魔大王役も、それをよく承知のうえで舞わねばならぬ。ひとり目立ちしてはだめなのだ。

だが、何しろ衣裳がひどく豪華なので、嫌でも人目を惹いてしまう。

前シテのよさを殺さず、己も華やかに舞う。これは熟練の舞手でなければ成し遂げられぬ役だ。

これらを、どう舞うのか。

観る者の心を、どう動かすのか。

『鵜飼』の前シテには、実は平家の落ち武者だったという解釈もある。石和川の禁漁の領域を知らなかったのは、よその土地から来た者だったからだ――と考えるのだ。

もし、そこまで含みを持たせて舞うのであれば、この物語は、単に禁を破って魚を捕った者が罰を受けるだけの話では終わらない。戦に出て人を殺めることは、魚捕りよりも、さらに重い罪だ。旅の僧や閻魔大王が繰り返し語る「殺生」という言葉に、魚捕り以上の罪を責める意味が込められていることになる。

このような隠れた意味まで含ませて舞うべきか、それとも、平家の落ち武者という要素は、きっぱりと捨ててしまうべきか。

これは、前シテを担う猿楽師が自分で選ばねばならず、どちらがより正しいと決まっているわけではない。

竹葉は長いあいだ迷ったのち、自分はどこにでもいる凡なる鵜使いを舞おうと決めた。

都で貴人を前にして舞うなら、鵜使いがもとは平家の武人であったという複雑な話のほうがいいだろう。都人は教養があるので、地謡の言葉や舞手による表現のひとつひとつに、隠れた意味を深く探ろうとする。ひとつの言葉、ひとつの所作に、二重、三重の意味が込められた表現を好むのだ。観阿弥《かんあみ》や世阿弥《ぜあみ》なら、そのように舞ってみせただろう。

だが、寿座が猿楽を見せる相手の大半は、ごく普通の農人たちである。

田畠で日々懸命に働き、藁や竹を編んで道具をつくり、飯を炊き、衣を洗い、子を育てて老人の世話をする。夜は疲れ果てて眠るだけだ。こういった者たちが観る『鵜飼』では、シテは、観る者と同じように日々の暮らしに追われる者のほうがよいのではないか。

もとは平家の武人でした――という解釈を含めれば、この鵜使いは、観る側とのあいだに溝を生じさせてしまう。激しい立ち回りを演じる修羅《しゆら》物であればそれでもいい。観客は自分では体験できぬ戦での緊張感や、武人の誉れ高き心の動きを楽しむのだから、この場合には、日々の暮らしから離れれば離れるほど喜ばれる。

だが、鵜使いは農人たちと同類なのだ。日々のつらさと煩悩《ぼんのう》を共有する者である。平家ゆかりのものであっては、日常とは違う物語になってしまう。

自分が演じる鵜使いは、日々の暮らしに追われ、漁がうまくいけばそれだけで喜ぶ小さき者であるほうがいいと竹葉は考えた。であればこそ、禁じられた川に「誰も見ていなければ大丈夫だろう」とこっそり入り、魚を捕る喜びに我を忘れ、土地の者に見つかってしまったことに筋が通る。

観る側の立場に前シテを近づけるのだ。

皆に「わしもそうじゃ」「この気持ちがよくわかる」と思わせて、鵜使いの痛みや苦しみに、深く心を寄せてもらおう。

三

稽古の初日は常磐大夫自らが鵜使いを舞い、竹葉に手本を示した。

いくたびも観た演目であったが、常磐大夫の舞を目の当たりにするのは初めてだ。物語の中の鵜使いほど歳をとっているわけではないが、面をつけずとも翁と見紛う舞には、竹葉を圧倒する風格があった。

常磐大夫は竹葉にひととおり稽古をつけると、「あとは己で工夫せよ」と言って、別の舞手の稽古に移った。

竹葉は庭へ出て、覚えたての舞をひとりで繰り返した。

いつも強く感じるのは、観ると舞うとのあいだにある大きな隔《へだ》たりだ。

観て「こうすればよいはずだ」とわかったつもりでも、体を動かしてみるとなぜか難しい。

ここも違う、あそこも違う。見た通りに動けぬと焦る。

最初から最後まで間違えずに舞っても、まだ何かが不足している。それは、いったいなんなのか。

閻魔大王の役には、熟練の浦風《うらかぜ》という名の舞手がついた。目立ちすぎずに舞う技をよく心得ており、前シテを演じる竹葉を盛り立てるには、ぴったりの人物だった。竹葉よりもかなり年上で、髪はもはや黒いところを探すほうが難しい。

浦風は、稽古場で、つきっきりで竹葉の舞を指南してくれた。

「そこはもう少し力を抜いてみなされ」「本番では面をつけるのだから、鵜使いの喜びや悲しみは、体で表さねばなりませんぞ」と細かく教えた。

竹葉は素直に耳を傾けた。うまくできぬときは、何度も繰り返し、どこがおかしいのか訊ねた。

考えすぎてよくわからなくなったときには、頭を冷やすためにひとりで庭へ出た。

戸を開け放った稽古場の様子は、庭からもよく見えた。地謡の声や囃子《はやし》の音色が届くので、違う曲を聴きながらでは『鵜飼』を舞えない。

舞うときには、稽古場から離れた。

暖かい陽射しに誘われてか、よく虫が飛んできた。

花を求めて蜂が飛び、翅《はね》に点々と模様のある黄色や白色の蝶が舞い、草の葉の上では小さな蟋蟀《きりぎりす》がじっとしていた。池のそばでは青蛙をよく見かけた。

黄蝶や蜂は、ときおり竹葉に近づき、まわりを飛び回った。

人を樹木と間違えるのであろうか。

竹葉は袖をふり、扇で蝶を追い払った。鵜使いも、水辺ではこうやって虫を煩わしく思っていたのだろうか。そんなことが、ふと気になったりもした。


竹葉は『鵜飼』の舞をすべて体に刻み込むと、あらためて浦風の前で舞ってみせた。

浦風は、そこがだめだとか、ここを直せとは言わなかった。困りきった顔つきで、「竹葉どのは、基となる部分は若手の誰よりも丁寧で正しい。もはや私が教えることなどないほどだ。ところが、ほんの少し、何かが足りないように感じられる。これが不思議でならぬ」と言った。

それは竹葉の最大の悩みだった。正しく手本通りに舞うだけでは、観る者の心をつかめぬのはわかっている。だが、己にとって足りないものとは、いったい、なんなのだろうか。

だいぶ前に亡くなった紅扇は天衣無縫な舞手だった。天性の華とは、ああいうものを言うのだろう。その友、白扇は、たゆまぬ努力の末に誰にも追いつけぬ技巧を得た。いずれも、竹葉が真似たくても真似られぬ才である。

人によって持てる才も励み方も違うとはいえ、竹葉の場合は、歩いても歩いても行きたい場所に辿り着けぬようなものだった。

何が成長を妨げているのか。

どこでつまずいているか。

いくら舞ってみても、さっぱりわからない。

一座の中には「真面目に稽古するばかりでは心が追い詰められ、かえってよい舞ができぬだろう」と言って、竹葉を遊びに誘ってくれる者もいた。

それもそうだと竹葉は応じ、皆と一緒に酒を呑み、大騒ぎし、女人と戯《たわむ》れて気を散じてみた。

しかし、心のどこかに引っかかりがあるせいか、これまでのように羽目をはずせない。

ならば、もっと真面目に鍛錬しようと、魚の捕り方を学ぶために本物の鵜使いのもとを訪れた。

鵜使いは、竹葉から頼みを聞かされるとおかしそうに笑った。こんなことが役に立つなら、いくらでも学べばええと言って、陽が暮れると竹葉を連れて川へ行き、いつも使っている小舟に乗せてくれた。

船首では篝火が燃えていた。この光が魚を引き寄せるのである。たいまつも用意してあった。手元を照らしたいときには篝から火をとるのだ。

漁に使う鵜は何羽もおり、首に綱がくくりつけられていた。人によく慣れており、竹葉が近づいても騒がなかった。

川の中ほどまで出ると、鵜使いは小舟から川面へ鵜を放した。綱はかなり長く、鵜はすぐに魚を求めてせわしく動き回った。鵜使いはしっかりと綱の片端を握り、綱同士が絡み合わないように注意をはらう。ひとりですべての鵜を操るので少しも気を抜けない。

川面を滑るように泳いでいた一羽が、突然、さっと頭から水中へ潜った。浮いてきたときには、銀色に輝く魚がくちばしのあいだで身をくねらせていた。一瞬でそれを丸吞みにする。鵜使いは素早く綱をたぐって鵜を小舟にあげ、さっと抱えあげると、長い首をきゅっと絞めた。くちばしから吐き出された魚が、魚籠の中へするりと落ちる。鵜使いは鵜を川へ戻した。同じことを何度も繰り返す。

竹葉も鵜を一羽任され、川へ放った。綱の端をかたく握りしめ、鵜が魚を捕らえるまでじっと見守る。

誰が綱を引いていようが鵜は気にしないのか、さきほどと同じようにすっと水に潜り、魚をくわえて水面に戻ってきた。

竹葉は慌てて綱をたぐり、鵜を小舟にあげた。

おっかなびっくり鵜の首を絞めると、くちばしからするりと魚が吐き出され、魚籠《びく》の中に落ちた。

なかなか筋がいいと、竹葉は鵜使いから誉められた。

稽古場だけであれこれ考えていたときよりも、ほんの少しだけ、鵜使いの気持ちがわかったような気がした。

それでも稽古場で舞い始めてみると、浦風はまだ何かが足りないと言った。だいぶ本質に近づいたが、観客の目を惹きつけるにはもう少し工夫がいる。それさえ足りれば、客は熱狂するだろうとまで誉めてくれた。

舞の形はこれでいい。

本物の鵜使いに学び、魚の捕り方も覚えた。

なのに、何が足りぬのか。

竹葉は常磐大夫の屋敷から外へ出て、ふらりと川へ向かった。鵜使いからはもうじゅうぶんに学んだという実感があったので、今日はひとりで河原に座り込む。

ぼんやりと、澄んだ川の流れを眺めた。

浦風はよき導き手ではあるが、舞うのは竹葉本人だ。どうしても教えきれない部分は残る。同じ舞台に立つ者として、浦風も苦悩しているのだろう。竹葉が鵜使いを上手く舞えねば、後シテの閻魔大王が物語の中で浮いてしまう。

なんとも申し訳なかった。これほど熱心に指南してくれる先達など、浦風以外にはいない。なんとしてでも期待に応えたい。

竹葉はしばらくふさぎ込んでいたが、風に乗って流れてくる甘い香りに気づき、ふと顔をあげて川上を見た。

川沿いに繁る鮮やかな緑を背景に、夥《おびただ》しい数の紫色の花房が見えた。藤の花の季節もそろそろ終わる頃である。樹齢を重ねた藤の老木が、どの木よりも遅く花を咲かせ、それが散る寸前なのだろう。

枝がせり出した真下には水の流れや淀みはなく、乾いた狭い河原が見えた。おそらく雨が降って水かさが増せば、川の一部となってしまう場所だ。ここしばらくの晴天で、いっとき水が退いているのかもしれない。

そこに人影が見えた。

背丈や体つきから、竹葉よりもかなり若い者だとわかる。黄蘗《きはだ》色の装束を身にまとい、ひとりで舞っている。どこかの一座の子であろうか。優雅な身のこなしに惹かれて、竹葉は腰をあげた。藤の花を目指して川上へ向かう。河原はときどき極端に狭くなったが、藤の下へ着くまでに足下が濡れることはなかった。

間近で見れば、舞手は童子と呼んでいいほどに若かった。水干《すいかん》を着ており、軽々とした身のこなしは、『胡蝶《こちょう》』の舞を思わせる。

童子は竹葉を横目で見ると、ふっと笑みを洩らして舞うのをやめた。

野山に住む者とは思えぬ品のよさが感じられた。旅の者であろうか。たまたま、この地に逗留しているのか。

見目の麗しさだけでなく、いるだけで人の心を揺さぶる何かを強く放っている。

世阿弥が猿楽の手ほどきとして語った、「時分《じぶん》の花」という言葉が竹葉の脳裏に浮かんだ。幼い年齢の舞手は、どのような演目を舞っても魅力的で、他の年齢の猿楽師は決してかなわない――と、かつて世阿弥は言った。そのような舞手の特殊な性質を、世阿弥は「時分の花」と呼んだ。幼さや若さそのものが華となり、他のすべてを圧倒してしまう時期が人にはあるのだと。ごく若い頃にだけ咲く才である。

時分の花が散ったあとは、どれほど誉めそやされた舞手であっても、地道に鍛錬するしかない時期がやってくる。これに耐えられぬ舞手は消えていく。

己にも、わずかながらとはいえ、時分の花に恵まれていた時期があったと竹葉は思う。父母と暮らした一座で、見よう見まねで舞い始めた頃だ。だが、この童子ほどの華ではなかっただろう。

童子の肌は白くきめ細かく、明るい瞳が放つ光には澄んだ静けさがあった。笑みを浮かべる桃色の唇からは、少しも言葉が洩れない。

ただ黙って、竹葉を見つめていた。

竹葉を恐れたりせず、誰《た》そ、と訊ねることもせず、じっとたたずんだままである。

童子が黙っているので、竹葉も声をかけにくかった。

やがて、童子は再び身を翻した。

手には、いつのまにか扇があった。

ひらひらと動く金色の扇は、まるで生きもののように竹葉の目を眩《くら》ませた。

扇までもが胡蝶のようだ。

見る者の目を眩惑する。

体の奥で何かがむくりと頭をもたげた。

――汝も舞え。

と、声をかけられたような気がした。

――我と共に舞え。ここには他に誰もおらぬ。そなたの舞の善し悪しを判ずる者はおらぬ。上手く舞おうとするな。型にしばられるな。ただ藤の香りに酔いしれながら舞うがいい。

気づけば自然に体が動き出していた。童子が手本を示しているわけでもないのに竹葉はそれを追い、不思議なことに、童子の舞はいつしか『鵜飼』のそれに変わっていた。

「鵜ノ段」に入ると、舞は、ますます熱を帯びた。

面白の有様や
底にも見ゆる篝火に
驚く魚を追ひまはし
かづき上げすくひ上げ
隙なく魚を食ふ時は

罪も報も後の世も忘れ果てゝ面白や
漲《みなぎ》る水の淀ならば
生簀の鯉や上らん玉島川にあらねども
小鮎さばしるせゞらぎに
かだみて魚はよもためじ
不思議やな篝火の
燃えても影の暗くなるは
思ひ出でたり月になりぬる悲しさよ
鵜舟の篝影消えて
闇路に帰るこの身の名残をしさを如何にせん
名残をしさを如何にせん

額に汗が滲み始めた頃、童子はふいに舞をとめた。

息をはずませ動きを止めた竹葉に近づくと、白き指先を、竹葉の唇にそっと押し当てた。

――あと二日だけ、ここに来る。

そうつぶやくと童子は踵《きびす》を返し、風のように藤の木の向こうへ消えていった。

四

常磐大夫の屋敷へ戻り、夜になって床に横たわっても、竹葉は昼間に見た光景を忘れられなかった。

忘れるどころか、童子の姿がますます鮮やかに甦り、思い出すと息苦しさを覚えた。

これまで女人に執着し、心搔き乱された日は数多《あまた》あれど、今日のような激しき妄執に囚われたのは初めてだった。

あの麗《うるわ》しさが胸の内から消えぬ。

ふと思った。もしかしたら、鵜使いが禁漁の川にまで入ったときも、こんな気持ちを抱いていたのではないかと。

単に魚がほしいだけでなく、鵜を使って魚を追うこと自体に、鵜使いは激しい執着があったのではないか。いまの私があの童子に恋い焦がれ、どうしても忘れられぬように。

鵜を自在に操り魚を捕ることとは、目の前にあるすべてのものが、己の思い通りになるということだ。その喜びが、捕った魚を食べたり、売って銭に換えたりすることよりも、鵜使いの心を強く捉えて放さなかったのではないか。

あらゆる生きものを従え、意のままに動かせると思い込む――それは殺生と同じぐらいに罪深い。まさに人の妄執そのものだ。

だが、つらい現世を生きていくには、少々の妄執ぐらいは抱かねばやりきれぬ。妄執こそが人の心を支えるのだ。それなくして、どうして人でいられようか。それを罪と呼ぶのであれば、人は所詮、生きているだけで罪人である。

人はこの罪から逃れられるのだろうか。

僧は、人をこの罪から救えるのか。

薄ぼんやりとしていた鵜飼の人物像が、竹葉の中で、急速に鮮明な形をとり始めた。

だが、まだだ。

細部まで、できあがったわけではない。


翌日も、竹葉は朝から同じ河原を訪れた。

昼まで待つかと思ったが、心配は無用、童子は先に来ていた。昨日と同じように舞っていた。

竹葉はすぐに動きを合わせ、今日は自分から鵜使いになっていった。

心弱きもの、妄執に囚われしもの、それが己が演じる鵜使いだ。人は己の弱さに打ちひしがれ、僧を通して、見果てぬ善性を夢みて泣くのだろう。

熱を込めて舞うあまり、竹葉は徐々に、自分は鵜使いを舞っているのか、それとも童子と戯れているだけなのか、混沌としてわからなくなってきた。それほどふたりの舞は呼応し、混じり合い、稽古場では得られぬ高揚感に充ち満ちていた。

いまの自分は野や川と同じもの。

風であり、水であり、樹木であり、花である。

殺生の罪に対するうしろめたさに苛まれながらも、それでもなお己の妄執をよしとする人である。

私は、次の世では、獣や魚や鳥や虫だろうか。

狩る側ではなく、狩られる側になるのだろうか。

ふと気づけば、陽は西に傾いていた。

水も飲まず、何かに取り憑《つ》かれたように舞い続けた一日だった。

童子の姿は、いつのまにか河原から消えていた。

渇ききった喉を潤すために、竹葉は川の水を何度もすくって飲んだ。

空の色が暗くなっていく。

ぐずぐずしていると、物の怪があたりをうろつく時刻になる。

ひたすら舞い続けたこと以外、何も覚えていない。

昨日よりもさらに、あの童子が恋しくてたまらなかった。

ああ、いつまでもあの童子と共に舞い続けたい。稽古場の厳しさも、鍛錬の成果が出ずに悩む日々もここにはない。

ただただ、舞うことだけが楽しい。

ふたりだけで酔っていられる。

だが――。

童子は最初に会ったとき、「あと二日だけ」と囁いたのだ。

明日は、どこかへ立ち去ってしまうのか。

己の一座に戻るのか。


童子と出会って三日目。

竹葉が河原へ行くと、やはり前の二日と同じように童子が待っていた。

今日は少し様子が違った。河原に腰をおろし、じっとうつむいている。扇も持たず、疲れきった様子である。

「どうしましたか」と竹葉が声をかけると、童子はゆっくりと顔をあげた。一夜にしてやつれ果てた姿に、竹葉はぎょっとした。死病に冒されたかのようだ。

これでは舞えぬな――と思い、竹葉は童子の隣に座った。「体の具合が悪いのであれば、療養院へ連れていって差しあげましょう。燈泉寺の漢薬はよく効きます。近くの薬草園で質の高い薬草を育てているのです」

童子は首を横にふった。

竹葉は強く出た。「放っておけません。かなり悪いのでしょう」

沈黙を守る童子に向かって、竹葉は一気にまくし立てた。「ここで出会ったときから、ずっと考えていました。もし差し支えなければ、私の一座に来ませんか。共に猿楽の修行をいたしましょう。こんなところで舞っているのは、行き場がないためでしょう。常磐大夫はよくできた方です。身寄りを失った若者を引き取って、りっぱな猿楽師に育てたりもしています。見たところあなたは暮らしぶりはよさそうだが、猿楽に興味を持たぬ方と暮らしているか、属すべき一座がないのではありませんか。ならば寿座に来て下さい。猿楽には、一生を懸けられる魅力がある。あなたなら、私よりも早く出世できるはずだ」

「——我は好きで舞っておるだけだ」童子が初めて明瞭に声を発した。鳴る鈴を思わせる涼やかな声だった。「一座などいらぬ。そなたさえおればいい」

意外な言葉に竹葉は胸を貫かれた。

童子はうっすらと笑った。「我は春先から、ずっとそなたらを見ておった。稽古場や庭で懸命に舞う、そなたらの姿をな。ああ、なんとうらやましきことか。我は子孫を産ませる務めが終われば、それでもうおしまいだ。つがいの相手と交わったあとは、ほどなく訪れる死を待つのみ。我から見れば、人の一生はなんとも長く、子をつくる以外の生き方もあるのが、うらやましくてたまらぬ」

童子は、すっと立ちあがった。

竹葉を見おろし、手を差し伸べた。「だが、我はこれでよいのだ。そなたとここで舞うのが無上の喜びだ。それ以上は求めぬ」

竹葉は初めて童子の手を握りしめた。

氷を思わせるひんやりと冷たい肌触りであったが、不思議と心地よかった。

今日は童子のほうが竹葉の動きに合わせた。竹葉は己の舞に足りなかった一片が、ふいに天から降ってきたように感じた。

何がどんなふうにと、言葉で言える形ではなく。

舞のひとつひとつに納得し、これこそが鵜使いの舞だと確信した。

流れるような童子の動きには無駄がなく、それを真似るだけで、竹葉の中に喜びが染み込んでいった。

常磐大夫や浦風の手本では身につかなかった何かが、美酒を飲み乾すように胃の腑へ落ちていく。

ああ、愛しくて愛しくて愛しい。

いまこそ、童子のすべてがほしい。もっと肌を触れ合わせたい。

どれほどの時を舞い続けただろうか。

ふと気づけば、童子は舞を止め、肩で息をしていた。

竹葉も足をとめた。同じく息があがっていたが、高揚しきった気分はそのままだった。

童子の姿はひどくはかなげで、体の向こうの景色が透けて見えた。

竹葉は、取り返しがつかない瞬間がいま訪れようとしていることを察し、思わず童子の体を抱きしめた。

だが、手応えはまったくなかった。

霧が散っていくように童子の姿は消え、竹葉だけが河原に残された。

竹葉はせわしくあたりを見まわした。ひょっとして、己は、うたた寝をしていただけではないのか。いま目を覚ましたばかりで、あの童子はまだ来ておらず、昨日までのように、これから舞えるのではないか。

あちこちに視線を巡らせるうちに、足下の小石の上に黄色い葩《はなびら》が落ちていることに気づいた。

いや、葩ではなかった。

その場に両膝と両手をつき、地面に顔を近づけた竹葉は、葩と見えたものが、黄蘗色の蝶の死骸であったことを知った。

竹葉は指先で蝶の死骸をつまみ、掌に載せた。

体が小刻みに震えてきた。

童子が語った言葉を思い出す。

――我は春先からずっと見ておったのだ。稽古場や庭で舞う、そなたらの姿を。

刹那、常磐大夫の屋敷の庭で、熱心に稽古していたときの光景が脳裏に甦った。

庭木に咲く花に惹かれてか、蜂や蝶がよく飛んできた。

竹葉は何も考えずに扇で虫たちを追い払った。そういえば、その中に黄蘗色の小さな蝶が一匹。

「あの蝶が、おまえだったのか」竹葉は涙声で言った。「私がおまえを見つけたのではなく、おまえのほうが先に私を見つけてくれたのか」

ひらひらと楽しげに舞う童子の姿が、鮮烈な水干の色と共に、幻となって眼前に甦った。

――ああ、なんとうらやましきことよ。

童子はそう言った。人の生き方がうらやましいのだと。その長さがうらやましいのだと。

つがいを得て交わりを終えれば、あとは死ぬだけの虫の命。

はかなくも短い命を三日間も費やして、童子は竹葉と共に舞った。それが己にとって最高の瞬間だと信じ、それ以上は求めぬと。

竹葉は背を丸め、西に傾きかけた陽の光を浴びながら大声で泣いた。

花の盛りを過ぎて色褪せつつあった藤の葩が、一枚、また一枚と、川面を渡る風にさらわれていった。

五

翌日から竹葉は、再び、常磐大夫の屋敷で稽古を始めた。

稽古場で浦風に舞を見てもらうと、「少々、舞が変わったように感じられます」と言われた。浦風は不思議そうな面持ちをしていた。「何かをつかんだのか――。ひと山越えられましたな」

「そうですか」と竹葉は静かに応えた。

自分の舞が急に変わった実感はない。上手くなったとも思わない。

これまで通り、熱心に丁寧に、前シテの気持ちになって舞っているだけだ。

だが、人の目から見て何かが変わったように見えるなら、確かに何かが変わったのだろう。

それ自体は素直に喜んでいい。

もし、本当に何かを得たのであれば、それは、あの童子との交流なくしては有り得なかったものだ。

これから自分がどのような舞手になるのか、竹葉には、相変わらずよくわからなかった。

『鵜飼』の舞台を無事に務められるのかどうか、それすら知れぬことだ。

気を抜けば、本番でみっともなく失敗し、皆から呆れられ、嗤われるかもしれない。

そんなふうに想像しても、不思議と肩は強ばらなかった。何が起きても、悠然と、すべてを超えていける気がした。あの童子の舞のような軽やかさで。

鵜使いが日々出かけていた川のことや、鵜の鳴き声、冷たい水の匂い。木々のざわめきや魚たちが跳ねる音。それらは、いまではすべて竹葉の中にある。手で触れるようにありありと思い出し、空想に身を委ねることができる。

藤の花を背後に舞う童子の姿を想うだけで、黄蘗色の水干の眩しさと、おそらくはどれほど鍛錬しても己には到達できぬであろう天性の舞が、胸の奥で鮮やかにはじける。

それは手には届かなくとも己が目指すべき高みだ。空の片隅にその姿を仰ぎ見る限り、自分はどこまでも高く芸の道をのぼっていけるはずだ。

ならば、いまは無心に舞うしかない。

手を止めず、足を止めず、黙々と舞い続けていれば、あの愛しい童子の姿は、いつまでも胸の内で輝き続けるだろう。

第六話

浄衣姿《じょうえすがた》の男

一

播磨国から備中国へ向かう旅で、呂秀たち一行がまたガモウダイゴに出遭ったり、危ない目に陥ったりすることはなかった。

不思議なほど穏やかな旅だった。

あまりに何も起きないので呂秀が、「これは、あきつ鬼と瑞雲さまが守っているからでしょうか」と口にすると、共に歩いていた瑞雲がゆったりと言った。

「そなたらは、ガモウダイゴによる呪《しゅ》を続けて三度も退けた。さすがに向こうも疲れたのであろう。しばらくは何も仕掛けて来るまい」

「三度かけると休むのですか」

「そうだ」

恐ろしい物の怪を相手にしたときには、律秀も精根尽きてへとへとになる。それを短いあいだに三回も続けたガモウダイゴは、やはり尋常ではないのだ。

伊佐々王の背に乗り不敵な笑みを浮かべたガモウダイゴを思い出し、呂秀はまたしても嫌な気分に囚われた。あきつ鬼になだめられて消えたはずの気持ちは、未だに心の奥底に潜んでいるようだ。

あきつ鬼が瑞雲に訊ねた。「あの鹿の素性を、おぬしは知っておるのか」

「あれは大昔、播磨国で一族を率いていた者だ。名を伊佐々王という」

瑞雲は伊佐々王の言い伝えをあきつ鬼に話して聞かせた。「もともと、そのように桁《けた》外れの力を持った鹿だったのだが、ガモウダイゴは、さらに強い力を与えて甦らせたようだ。あやつに従う伊佐々王も、どうかしていると思うが」

「いくら強くても所詮はただの鹿か。ならば恐るるに足りんな」

「伊佐々王だけなら、おぬしにも倒せよう。だが、ガモウダイゴが味方しているところがやっかいだ。あやつの術で甦ったのだから、倒しても倒しても、また甦ってくるかもしれん」

「では、どうすればいいのだ」

「あれは人にたとえるなら怨霊《おんりょう》のようなものだ。そういったものは手篤《てあつ》く祀り上げぬと、いつまでもこの世に禍をもたらす。すぐに処せることではない。おいおい考えよう」

ガモウダイゴには出会わなかったものの、泊めてもらった宿や旅で出会った者からは、その地に固有の物の怪の話を聞かされることがあった。先を急ぎつつも、人々から相談されると祈禱や護符づくりで処せるものを処し、ときには必要な薬の種類を教え、呂秀たちは備中国を目指した。

いま、西国の刀づくりで最も勢いがあるのは、備中国ではなく、室町殿の後押しを得ている備前国である。

旅の途中で通り過ぎるが、今回は備前国の鍛冶場には立ち寄らない。律秀は大いに不満な様子だったが、いまは先を急ぐので仕方がなかった。

備中国に入ると、一行は北を目指した。

青江政利がいる鍛冶場へは、すぐに到着できた。

門番に声をかけて名乗り、政利への目通りを請う。少し待たされたのち、案内《あない》役が姿を現した。

「ようこそおいで下さいました。どうぞこちらへ」

門の向こう側には、鎌倉殿の世より一大勢力を誇る刀工たちが住む屋敷があった。呂秀たちの草庵がただの小屋に思えるほどの大きさだ。どれほどの数の刀工たちが住んでいるのだろうか。

備前国の長船派が有名になっても、青江派が未だに優れた一派であることに変わりはない。

播磨国の農人たちがつくる鉄器とは、質も数も桁外れなのだ。

庭を通って屋敷へ入り、客間に通されてしばらく待った。やがて、刀鍛冶の白い装束を身につけた政利が姿を現した。

思っていたよりも若い。

呂秀たちよりも、四、五歳ほど年上といったところか。

父から名高い匠と聞かされたので、かなり年配の方だと思っていた呂秀は、目を丸くして相手を見つめた。

政利の表情には輝かんばかりの明るさがあり、鉄を打ち続けることで鍛えられた体は、慈徳のようにがっしりとしていた。

足腰が丈夫なせいか、猿楽師にも似た揺らがぬ姿勢で歩く。

呂秀たちに一礼し、板の間に座った。

お供の者が、絹布《けんぷ》にくるんだ細長い包みを抱えて進み出た。それを政利の前に置く。

包みはふたつあったが、片方は長く、片方は短かった。

政利が、よく通る声で告げた。「このたびは、大切なお役目に青江を選んで頂きましたことを、心よりお礼申し上げます」

呂秀たちは、そろって頭を下げた。「本来ならば私どもの口から事情をお伝えすべきところ、文を先にお送りし、瑞雲さまにも関わって頂き、まことに恐縮でございます。こちらこそ、深くお礼申し上げます」

「禍は、まだ退いておりませんか」

「はい。三度見舞われ、三度退けましたので、これでしばらくは何もないだろうと、瑞雲さまからうかがっております。この機にお目にかかれたのは幸いです」

政利はうなずき、長いほうの包みをほどいた。「刀をお持ちになるのは初めてですね」

「ええ。抜き方も知りません」

「武人でなければ抜かなくともよいのです。扱い方を知らぬ者が無理に抜くと、怪我をしがちです」

包みの中から現れたのは太刀だった。

長さは三尺あまり（約九〇センチメートル余）。

「呂秀さまは抜かずともよいのですが、私がいまご覧に入れますから、刀の霊力はしっかりと感じて下さい」

政利は左手で赤漆塗りの鞘を持ちあげ、右手で柄を握り、すっと太刀を抜いた。

普段の暮らしでは決して見ることのない銀色の輝きが、呂秀の眼前で閃《ひらめ》いた。

板の間に広げた絹布に、政利はそっと太刀と鞘を置いた。「武人が戦で使うわけではないので、反りはあまりつけておりません。錫杖代わりに持ち歩くのでしたら、このほうが扱いやすいでしょう。杖として使うときに地に接する鞘尻には、鐺《こじり》という金具をほどこしてあります。こうしておけば鞘が壊れません」

深い光を放つ地鉄《じがね》の輝きに、呂秀は心を吸い込まれそうになった。刀など縁のない暮らしをおくる呂秀ですら、ひとめで魅了された。

慈徳も息を吞み、律秀は感興のおもむくままに身を乗り出した。

板目に似た細かい模様が浮かぶ刃は、物の怪がうっかり触れようものなら、瞬時に浄化されて消えてしまいそうだ。

「号は、まだありませんが」と政利は言った。「今日、呂秀さまにお目にかかって、ようやく相応しい名を思いつきました。『水瀬丸《みなせまる》』、というのは如何でしょうか」

「美しい響きですね。名の由来は」

「仏の慈悲を説いて人々を救い、疲れた者に癒やしを与えることは、清らかな水を差し出すふるまいに似ています。『水』とは、呂秀さまの志にぴったりの言葉ではありますまいか。『瀬』には、人と人とが出会う機会という意味がございます。人に関わり、人を助け、人と人をつなぐことに熱意を傾ける呂秀さまがお持ちになる刀として、『水瀬丸』は、ぴったりの号かと存じます」

律秀が横から口を挟んだ。「清らかな名をつけると、それだけで物の怪や禍を退けられるのですか。もっと恐ろしげな、怖い名のほうが強い刀になるのでは」

政利は穏やかに微笑んだ。「武人のように猛々しい方がお持ちになるなら、勇壮な号でもよいでしょう。でも、呂秀どのには似合いません。本人の気質と釣り合ってこそ、刀は最も大きな力を持つのです」

水瀬丸を鞘に戻すと、政利は絹布で包み直した。太刀を両手で支えて持ちあげ、呂秀に差し出す。「お納め下さい。お役に立てれば幸いでございます」

呂秀も両手を伸ばし、頭を深く垂れて太刀を受け取った。「まことにありがとうございます。私も日蓮上人と同じく柄と鞘に数珠を巻きつけ、決して抜かぬように努めます」

続いて政利は、短いほうの包みをほどいた。さきほどと同じく刀を鞘から抜き、絹布に置く。

地鉄に浮かぶ模様は水瀬丸と同じく板目に似ており、全体の印象も、兄弟のように似通った刀だった。長さは一尺三寸（約四〇センチメートル）ほど。こちらの鞘は、黒みがかった赤漆で塗られている。

「こちらの刀の号は、『薬師神鬼丸《やくしじんおにまる》』です。律秀さまは陰陽師として優れた力をお持ちで、瞬く間に物の怪を退治できます。そのため、刀が必要以上に霊力を孕《はら》まぬように、太刀ではなく脇差をつくりました。律秀さまは薬師でもありますから『薬師神』の名を頂き、自ら打って出る強さを支える『鬼丸』という字をあとに続けています。お納め下さい。お役に立てれば幸いでございます」

「弟と違い、私の刀は闘うためにあるのですね。しかし、やはり、なるべく抜かぬほうがよいのでしょうか」

「はい。ガモウダイゴと名乗る者は、なかなか悪賢いように感じます。この刀を悪用されると、お命にかかわるかもしれませぬ」

「では、私は鍔と鞘とをこよりで結び、御札を貼って封印しましょう。これを抜くのは皆を守るための手段が他になく、もうどうしようもないと、わかったときだけにいたします」

「賢明なご判断です。『水瀬丸』は人の魂を救う刀、『薬師神鬼丸』は穢れと禍を祓う刀です。道を外れた使い方をしなければ、皆さまにとって百万の軍勢に等しき味方となりましょう」

律秀は呂秀と同じく両手を伸ばし、深く頭を垂れた。「ありがとうございます。必ず役立ててみせます」

呂秀の傍らにうずくまっていた瑞雲が立ちあがり、政利のほうへ歩いて行った。

政利の隣で再び腰をおろし、呂秀と律秀をかわるがわる見つめた。「弟のほうが兄よりも長い刀を持ち、弟の刀は人を生かす守りの刀、兄のほうは魔を祓う強い刀か。そして、鬼が見えぬ兄の刀の号に、『鬼』という字が入ったとは面白い。うまく均衡がとれたものだ」

呂秀は再び頭を垂れた。「瑞雲さま、このたびは、まことにありがとうございました」

「礼を言うのはまだ早い。そなたらは鬼と共に播磨国へ戻り、禍の根源を絶ちきらねばならぬ。吾は政利のそばに戻るゆえ、ここからは、そなたらだけで解決せよ」

「承知いたしました」

「鬼の力でもどうにもならぬときは、遠慮なく吾を呼ぶがいい。名を呼べば、いつでも駆けつけてやろう。呼ぶときには早めにな。吾が辿り着く前に皆が死んでしまっては、どうしようもなかろう」

「はい、心してかかります」

そのあとふたりは、政利から刀の手入れについて詳しく教えられた。

刀は放っておくと錆びるので、常に手入れが必要なのだという。呂秀には初めて聞く話ばかりだった。

刀の代金を政利に渡すと、律秀は播磨国の山奥でそうであったように、青江派の鍛冶場を見たいと言い出した。一刻も早く国へ戻ったほうがいいのに、少しだけ、少しだけじゃと、言い張って聞かない。

政利が、「どうせ泊まらねばならぬ時刻ですし、炉にはいつも火が入っております。案内人をつけますから、わずかでも見て行かれるといいでしょう。炎は邪気を祓うといいますし」などと優しいことを口にするので、律秀は跳びあがって喜び、ぜひ、そうさせて頂きますと潑剌《はつらつ》と礼を言った。

二

律秀が存分に鍛冶場を見てまわった翌日、ようやく一行は、青江政利の屋敷をあとにした。

呂秀は絹布に包んだ太刀を両腕で抱えていた。鞘があまりにも美しいので、すぐに杖代わりにして地面を突くのは、もったいない気がしたのだ。

いっぽう律秀は、早速脇差を素襖《すおう》の袴の腰に差し、自慢げに胸を反らした。総髪に素襖姿の律秀が刀を帯びると、どこかの若い武人が、ふらりと旅に出たように見えるのは不思議だった。

慈徳は護衛のために樫《かし》の棒を持ち歩いているので、脇差を帯びた律秀の隣に並ぶと、まるで、ふたりの警護が、ひとりの若い僧を守っているかのようだった。

三人は、帰路でも、人から頼まれれば物の怪を退ける祈禱を行い、護符をつくり、薬づくりを教えながら道を進んだ。そのため、無事、播磨国の薬草園まで辿り着いたのは、当初考えていたよりもかなり日数を過ぎた頃だった。梅雨は終わり、土用も過ぎていた。

草庵で出迎えてくれた弦澄と浄玄に荷物を渡してから、三人は井戸のそばで手足を洗った。夕方には、いつもより粥をたっぷりと食し、夜はぐっすりと眠って翌日からに備えた。

翌朝、呂秀は絹布をほどき、水瀬丸をあらためて手にとった。鞘から抜かずとも、清浄な気が、波のようにまわりに伝わっていくのを感じた。

今日からは常に手元に置き、出かけるときには錫杖代わりとするのだ。帰る途中で求めた柘植《つげ》の数珠を柄に巻きつけた。それだけで太刀が特別なものに変わったように感じられた。

その日は、無事に帰郷したことを貞海和尚に知らせるために燈泉寺へ赴いた。あきつ鬼が戻ってきてそばにいるので、慈徳には草庵に留まってもらい、旅の疲れを癒やしてもらうことにした。

律秀は、またしても素襖の腰に薬師神鬼丸を差し、意気揚々と寺への道を歩んだ。こちらも律秀自身が言っていたように、既に、こよりと御札で封印がほどこされていた。

寺の門をくぐったところで、珍しく境内にいた大中臣有傳から声をかけられた。呂秀と律秀が刀を帯びているのを見て目を剝き、「なんという仰々しいものを手にしておられるのじゃ。僧や薬師が持つべきではなかろう」と、たしなめた。

「はい。しかし、これは守り刀でして」

律秀が事情を話すと、有傳はようやく「なるほど」と、うなずいた。「このたびの魔除けとしては、これぐらい強い守りが必要か。そなたらが留守のあいだに、三郎太が都から戻ってな。ガモウダイゴの素性がわかったぞ」

「まことですか」

「私は先に詳しく聞いたが、とんでもない話だった。これは大ごとになる。守り刀が二振あっても足りんかもしれんな」

有傅が暮らしている宿房で、呂秀と律秀は久しぶりに三郎太と顔を合わせた。

呂秀が「さぞ大変だったでしょう。お疲れさまです」と言うと、三郎太は明るい顔つきで手をふり、「お気になさらずに。主の命によって走りまわるのは私の務めです」と屈託なく答えた。「有傅さまからご紹介頂いた大中臣正信さまは、陰陽寮の書物をあずかる、たいそう偉い方でした。文をお渡しするとすぐに開き、早速、倉の書物をあらためて下さいました。驚くべきことに、ガモウダイゴなる人物は、既に亡くなっております。遥か昔、朝廷が北と南に分かれていた頃、宮中に勤めていた陰陽師なのです」

「つまり、我らが目にしたのは亡霊なのですか」

「記録が正しければ、そうなります」

律秀が暗い顔つきでつぶやいた。「そうか。では、弦澄どのが言っておられたように、ガモウダイゴは死人に憑き、死人の体を操っているのかもしれんな。生きている者に憑いたのでは、あれほど自由に体を動かしたり、都合のいいときだけ気配を消したりはできぬだろう」

三郎太は話を続けた。「陰陽寮の方々は、もともとは帝や公家のために勤める方々です。ところが武家が力を持ち、強くなっていきますと、武家の暮らし方は公家に近くなっていったそうです。鎌倉殿は占いが必要になると、以前は、わざわざ都から陰陽師を呼び寄せていたのですが、やがて、鎌倉に独自に陰陽師を置くようになりました。都の陰陽師といえども、絶対的な立場ではなくなったのです」

室町の世になると御所は鎌倉から京へ移り、武家と公家の暮らしは、ますます接近していった。しかも、世を治める力は、いまや武家のほうが圧倒的に上だ。公家は日に日に勢いを失った。

目端《めはし》が利《き》く公家の中には、有力な武家との交わりに力を入れ、都での権力を維持しようとする者も出始めた。

いっぽう武家のほうも、自分たちの力を確実に宮中へ及ぼすには、有力な公家の人脈が必要であることに気づいた。

これ以降、利害が一致した者同士が親交を深め、都で勢力を伸ばしていくこととなる。

都の陰陽師たちも、いつしか、この権力争いに巻き込まれていった。

三郎太は言った。「陰陽師の立場が以前よりも衰えてきますと、都に住んでいながら暮らしに困る方まで出てきたそうです。飢えて亡くなる方すらおられたとか。零落を望まない陰陽師の中には、公家と同じく、強い武家と結ぶ者が増えて参りました。朝廷だけでなく室町殿とも深く付き合い、宮中の動きをこっそりと教えたりする。こういった風潮を、ガモウダイゴは受け入れ難かったようです。ガモウという名は『蒲生』と記すのですが、これは賀茂家を支える傍流の一族だったため、こう名乗っておったようです。賀茂を『鴨』と読み替え、鴨と関わりが深い池や湖に生える蒲《がま》という草の名を一族の名として付けた」

「その話、父からも聞きました。『醍醐』のほうは、出身地の名ではないかと言っておりましたが」

「仰る通りです。ガモウは醍醐の地の生まれで、宮中では、それを名乗っていたようです」

「では、別に、まことの名があるのですね」

「醍醐の地で生まれたときに授かった名があるはずだと、正信さまは仰っておられました。ただ、こちらは記録が見つかっておりません」

想像した通りだった。呂秀たちは、『蒲生醍醐』という名では、あの男に対して全き呪《しゅ》をかけることができないのだ。律秀を前にしてあの男が少しも慌てなかったのは、これが理由だろう。

三郎太は話を先へ続けた。「蒲生醍醐は、宮中での権力を広げるために公家にすり寄る武家に嫌悪を抱き、そのような者のためには勤めぬと公言しておりました。都の陰陽師は朝廷と公家のためにあり、猫なで声で誘われても武家など相手にしてはいけないと。礼儀知らずな武家が宮中で無礼をはたらけば、蒲生醍醐は容赦なくそれを指摘し、教養のない野武士めと嘲笑ったそうです。正しいことは正しいと言い、間違っていることは間違っていると、はっきりと言う。堂々と武家を諌《いさ》める蒲生醍醐に対して、よくぞ言ってくれたと喝采を送る陰陽寮の人々がいるいっぽうで、『事を荒立てぬようにしてほしい』と迷惑がる者たちも少なくなかったとか。しかし、蒲生醍醐は考えを曲げません。やがて――宮中に嫌な噂が流れるようになりました。武家を憎む蒲生醍醐が、夜な夜な、室町殿に呪詛《じゅそ》をかけているというのです。まっすぐに武家の行いを『わろし』と咎《とが》めてきた方が、裏で呪いをかけるなど考えにくいのではないかと私は思います。記録を調べて下さった正信さまも同じ考えをお持ちでした。醜きは出所の怪しい噂を流したほうで、蒲生醍醐は濡れ衣を着せられたのではないかと」

「宮中は恐ろしいところだからな」有傅がぼそりと言った。「武家にごまをすりたい連中が、卑しき真似をすることは、じゅうぶんに考えられる」

「有傅さまが仰る通り、武家と仲睦まじくありたかった公家のどなたかが、蒲生醍醐を陥れたのでしょう。蒲生醍醐は謀反《むほん》の疑いをかけられて捕らえられ、裁きの場に引き出されました。蒲生醍醐は少しも慌てず、堂々と無実を訴えた。しかし、今回ばかりは、そのような言葉が届く相手ではない。すぐに裁きが下り、蒲生醍醐は首を刎《は》ねられることになりました。このとき、かつて蒲生醍醐が武家に逆らうたびに喜んでいた人々は、ただのひとりも助けにこなかったそうです。助命の嘆願すら行わなかったとか。朝廷も公家も、武家との関係が悪化することを恐れ、『あんな謀反人のことは知りません』『お好きなように処分して下さい』と首をすくめて、そっぽを向くばかり。陰陽寮の人々ですら口をつぐんだと。誰ひとり味方にならず、命乞いもしてくれないと知った蒲生醍醐は、さすがに荒れ狂ったそうです。自分は皆からいいように担ぎあげられ、盾にされていただけだと悟り――しかし、もう何もかも遅かった。刑場に引き出された蒲生醍醐は、最後に傲然《ごうぜん》と言い放ったそうです。『すべてを呪ってやる』――と。武家も公家も朝廷も陰陽寮も、すべてを許さぬ、未来永劫呪ってやると。刑場で斬り落とされた首は、普通は、すぐに生気が抜けて、どんよりとした顔つきに変わるものです。ところが蒲生醍醐の生首はかっと目を見開き、いつまでも瞳が濁らなかったそうです。刑に関わった者たちは震えあがりました。祟《たた》りを恐れた室町殿は、このようなものは早急に都から遠ざけよと命じ、首を荒野に埋めさせました。首塚となったその場所は、強い力を持つ陰陽師の祈禱によって封印されたのです。ところが――」

「封印が破られたのですか」

「はい。本人の怨念が強すぎて、封印が効かなかったのかもしれません。あるいは、蒲生醍醐を気の毒に思った陰陽寮の誰かが、あとからこっそり御札をはがしたのかも。または封印に立ち会った陰陽師が、わざと効かない御札を貼ったことも考えられます。怨霊となった蒲生醍醐が、時をかけて力を増して武家を滅ぼしてくれるなら、朝廷や公家や陰陽寮にとって、これほど結構なことはありません」

律秀が、ふむ、とつぶやいた。「わざと怨霊になるように仕向けたわけか。事が終われば、御霊として祀るつもりだったのだろう」

呂秀が三郎太に訊ねた。「すると蒲生醍醐は、ざっと、百年ほど前に生きていた方と見てよいのですね。百年かけてじっくりと恨みを育て、ついには、誰の手にも負えぬ怨霊になったのだと」

「室町の世の始まりから続くさまざまな災厄――特に武家にまつわる血塗られた出来事は、すべて、怨霊となった蒲生醍醐の仕業とも考えられます」

律秀は溜め息を洩らした。「それほどの呪いを受けながら未だに滅びぬ武家も公家も、しぶといものだ。怨霊に負けず劣らず恐ろしいのではないか。生きている人間の実に恐ろしきことよ」

呂秀が眉間に皺を寄せて律秀をたしなめた。「呑気にからかってはいけません、兄上」

「わかっておる。少々背筋が寒くなったので、おどけてみただけだ」

三郎太が横から口を挟んだ。「ところで、正信さまに調べものをお願いしたのち、奇怪な出来事に見舞われまして」

「何があったのですか」

「倉から火が出たのです。蒲生醍醐について記された書を正信さまが倉へお戻しになった直後、火事が起き、大半の書物が燃えてしまいました。その中には、蒲生醍醐に関する記録も――」

「なんと」

「正信さまはこれをとても深刻に受けとめ、私が播磨国へ戻る前に、魔除けの護符をつくって下さいました。陰陽寮で最も力の強い陰陽師に頼んだもので、燈泉寺へ辿り着くまで、決して我が身から離してはならぬときつく命じられました」

「いま、それをここにお持ちですか」

「勿論です。こちらでございます」

三郎太は懐から護符を取り出し、呂秀に差し出しかけて、あっと声をあげた。

都でもらったばかりの護符は、既に何十年も雨風に晒《さら》された如く色褪せ、三郎太の掌でぼろりと崩れた。

言葉を失った三郎太の目の前で、床に落ちた護符はみるまに朽ち果て、細かい塵《ちり》の山となり果てた。

呂秀は塵の前で両手を合わせ、感謝の言葉を捧げた。「三郎太どの、この護符は、道中、あなたの身代わりを務めていたのです。もし、正信さまがこれを手配して下さらなかったら、あなたの身がこうなったに違いありません」

ひいっ、と悲鳴をあげて三郎太はあとずさり、ぶるぶると震えた。「私は怨霊に取り憑かれたのですか。蒲生醍醐の素性を知ったがゆえに、呪い殺されてしまうのでしょうか」

律秀が言った。「もう寺まで戻られたのですから安心です。これは、ただの脅しでしょう。奴が本気を出せばこの程度では済みません。邪悪なる者は、人が脅しに震えて慌てふためき自滅するのを見て楽しむのです。だからそんな罠には引っかからず、気をしっかりとお持ち下さい」

「無理です、頭がおかしくなりそうです」

呂秀が横から割り込んだ。「気が挫《くじ》けそうになったら兄の顔を思い浮かべて下さい。これほど明るく強い者は他にいないでしょう。この笑顔に私も繰り返し助けられました」

「なんと、呂秀さまでも、物の怪や呪いが怖いのですか」

「怖いですよ。人は皆、何かが怖いのです。怖いこと自体は構わない。怖さに気力を奪われ、判断を誤るのがまずいのです」

律秀はうなずき、三郎太の肩を叩いた。「呂秀の言う通りです。私の顔でもなんでも思い出して、邪《よこしま》なものを退けて下さい。新たな護符もつくります。寺の中でも肌身離さずお持ちになるように。有傅さまにもお渡ししますよ」

有傅も真っ青な顔になっていたが、前に平家の亡霊と遭遇したときに肝が据わって、物の見方が変わったのかもしれない。今日は怯えるというよりも、遠くを見るような虚ろな眼差しでうなずいた。「何やら、予想以上にやっかいなことになったようだな。私も、しばらく心して暮らそう」

三

呂秀たちは墨と紙を得ると、本堂へ移って、護符づくりを始めた。

律秀は机の前に座したものの、いつまで経っても筆を手にとらず、じっと考え込むばかりだった。

呪文の選び方と組み合わせに、これほど迷う姿を見るのは初めてだった。心配になった呂秀が声をかけると、「もうしばらく待て」と答えた。

律秀の顔色がすぐれぬことに呂秀は気づいた。旅の疲れがいまになって出たのか、何かの禍に見舞われているのか。

「兄上、気分がすぐれないのであれば、私が代わりに書きましょう」

「いや、それはいかん」と律秀はすぐに制した。「呪は、相手にはじかれたとき、それをかけた者に返ってくる。おまえでは受けとめられんだろう。私ならなんとかなる」

「しかし」

「陰陽師となって以来、こんな気分に見舞われるのは初めてだ」律秀は真顔で、ぼそりと洩らした。「蒲生醍醐の執念は凄まじい。『すべてを呪ってやる』か。すべてに呪いをかけるということは、武家や朝廷や公家や陰陽寮だけでなく、己自身にも呪いがかかることを受け入れるという意味だ。己自身をも巻き込んですべてを滅ぼさんとするなど、普通は誰も考えん。蒲生醍醐の怒りと悲しみを思うと圧倒される」

「対抗できる術がない、ということですか」

「ないとは言い切れぬが、慎重に言葉を選ばねば簡単に守りを破られる」

「我らの側には、あきつ鬼も瑞雲さまもおります。水瀬丸と薬師神鬼丸もあります。前よりは味方が増えました」

律秀は、ふっと笑った。「兄である私が、おまえに励まされるとはな。すまぬ」

「いいえ。とはいえ、護符だけでは守りが足りぬように思えます。和尚さまにお願いして、毎日、寺で特別な護摩を焚いて頂きましょう」

「おまえから頼んでくれるか」

「はい。このあとすぐに」

呂秀の肩越しに、あきつ鬼がぬっと顔を出した。「辛気《しんき》くさい流れだな。誉れ高き蘆屋の血を継ぐ者が、賀茂の傍流ごときに腰がひけているのか」

呂秀は言った。「おまえに訊きたいことがあります」

「なんじゃ」

「蒲生醍醐が死人の体を借りているのだとすれば、なんのためにそんなことをするのでしょう。亡霊は、実体がないほうが勝手がよいのではありませんか」

「人と関わるには時として実体が必要だ。実体を通った言葉でなければ、何も感じ取れん相手もいる。おまえの兄などはその口だ」

「生者に憑いているとしたら、憑かれたほうの心はどうなりますか」

「とうの昔に壊されておるわな。そう考えれば、死人でなくても、既に死人と同じだとも言える。あるいは人の体ではなく、草木と泥をこねあげて仮の命を吹き込み、実体をつくりあげたのかもしれんぞ」

「仮の命――」

「野に満ちる生気を集めて、泥の塊に息吹《いぶき》を与えるのだ。伊佐々王も、そうやって甦らせたのかもしれん。蒲生醍醐自身もこの方法で己の体を得ているのであれば、その姿が、おまえの兄に見えるのも不思議ではない。現世にあるもので体が構成されているのだから、おまえの兄は、泥細工の部分だけを見ているのだろう」

「なんとも不思議な話ですね。見えているとも、見えていないとも言えるとは」

「おまえは常に物の怪が見えるから、実感がなくても仕方がない。たいていの者にとって、物の怪は見えたり見えなかったり、聞こえたり聞こえなかったりするのだ」

呂秀は律秀に、あきつ鬼との会話を伝えた。

律秀は「そうか」と応えると、「少し、わかってきた」とつぶやいて筆を手にとった。紙にさらさらと文字を綴り、同じものを二枚つくる。

墨が乾いてから丁寧に折りたたみ、三つに折った別の紙に収め、封をした。

護符を持って有傅のもとへ戻りかけたとき、三郎太が本堂に駆け込んできた。「大変でございます。都から有傅さまへ、急ぎの文が届きました」

「蒲生醍醐に何か新たな動きでも」

「そうではありません。一大事でございます」三郎太は、わなわなと震えながら言った。

「赤松満祐さまの嫡男、教康《のりやす》さまが、足利義教さまを弑逆《しいぎやく》したとのことです」

あまりの話に、呂秀も律秀も言葉を失った。

赤松満祐は、播磨、備前、美作の三つの国を守護する大名である。赤松家は古くから足利家に仕えており、室町殿の征夷大将軍・足利義教にも付き従ってきた家臣だ。教康は嫡男である。

なぜ、突然、義教さまの殺害など企てたのか。呂秀にも律秀にも理解できなかった。

呂秀が訊ねた。「何かの間違いではありませんか。義教さまの身近におられた方が賊に襲われたとか、そのような話が虚実入り乱れて伝わったのでは」

「いいえ、間違いありません。何しろ教康さま自らが屋敷に義教さまを招き、猿楽で皆さまをおもてなしになっていたところ、いきなり、赤松家に仕える武人たちが刀を振りかざして乱入したのですから」

四

のちに呂秀たちは、この件についてさらに詳しく知ることになるのだが、この時点でわかっていたことは以下の通りである。

北と南に分かれていた朝廷がひとつに戻ったあと、政の中心である京の室町御所の他に、東国には引き続き「鎌倉府」が置かれた。東国を安定して治めるには、東の地に居を構える守護大名の協力が、どうしても必要だったからである。

政の中心が京にあることは定まっていても、ひとつの国の中で、西と東に分かれて強い力を持つ者が置かれると、どうしても対立が生じる。鎌倉府と室町殿は常に緊張状態にあった。鎌倉府は京の意向を無視して政を行いがちで、室町殿の足利義教は当然これをよしとしなかった。権力の中心はあくまでも自分にあることを、強く知らしめるべきだと考えていた。

永享十年（一四三八年）、室町殿に反感を持つ鎌倉公方・足利持氏《もちうじ》と、室町殿の意向に付き従う関東管領《かんとうかんれい》（鎌倉公方の補佐役）の上杉憲実《うえすぎのりざね》が全面的に対立し、東国で戦《いくさ》が始まった。

この戦いは、「憲実を助け、持氏を討伐せよ」と命じた義教と憲実側の勝利で終結し、翌年二月、持氏は逃れた先で敵の軍勢に追い詰められ自害して果てた。持氏の残党や下総の結《ゆう》城《き》氏朝《うじとも》らは、続く結城合戦でも兵を挙げたが敗れた。嘉吉元年（一四四一年）、持氏の遺児のうち、十三歳と十一歳の子は元服前の年齢でありながら斬首され、四歳の子だけがかろうじて生き延びた。

だが、このふたつの戦の結末は、室町殿の力を強めたわけではなかった。東国の大名たちの不満と自立心をより強く刺激した。「都には決して従わぬ」という誓いを東国中に広めてしまったのだ。だが、このときには、その深刻さを顧みようとする者は室町殿には誰もいなかった。

それらを露ほども想像せず、これで室町殿に逆らう者はすべて滅ぼしたと勝利に酔いしれる義教は、都で戦勝祝いの宴を開いた。

室町邸には大勢の大名が詰めかけ、義教の機嫌を取った。

また、諸大名は、こぞって自分の屋敷に義教を招きたがり、都での宴は、いつ果てるともなく続いた。

最後に義教を屋敷に招聘したのが、赤松教康である。

教康はまだ十九歳で、叔父（満祐の実弟）の赤松則繁《のりしげ》が、宴のために諸々の指図を行った。

宴の準備の場に、教康の父・満祐の姿はなかった。満祐は、前年、病を理由に出仕しなくなっており、これを機に侍所別当《さむらいどころべっとう》の職も罷免されていた。勿論、本当に病に倒れていたわけではない。所領の問題を通して義教と対立した結果だった。したがって、宴の場に顔を出すはずもなかった。

満祐もまた、義教と激しく対立していた人物である。都で古くから室町殿に仕え、義教の身近にいたが故に、持氏よりもさらに強く、義教の政に諸々の問題を見出し、逆らい続けてきた。義教にとっては、このうえなく苦々しき相手だった。だが、嫡男の教康は父親とは違うだろうと考えていた。宴への招待は、教康自ら、「私は心の底から義教さまに付き従います」という意思を見せたのだと受けとめたのである。

赤松邸は、過去、二度の焼失に見舞われており、宴は新しく建て直した西洞院二条《にしのとういんにじょう》の屋敷で執り行われることとなった。

教康は、清々しい木の匂いに満ちるこの屋敷で、松囃子《まつばやし》（赤松家の伝統演能。これより前は御所で行われていた）を義教に献上したいという旨を御所に申し出ていた。また、鴨が庭の池に棲みついて仔がたくさん出て来て泳ぎまわり、これがたいそう面白いのでご覧になりませんかとも誘った。数々の大名が共に招かれ、家臣を引き連れて屋敷を訪れた義教は上機嫌で宴の席についた。

宴の場には山海の美味なるものが並び、朱塗りの大盃にはなみなみと酒が注がれた。大名たちはその酒を順々に回し呑んだ。

この日は土用の入りであったが、夏の日の暑さにはほど遠く、雨が降り、うすら寒い風が吹くほどだった。しかし、舞台では猿楽が華やかに演じられ、招かれた客たちは池の鴨を眺めて「かわゆし」と愛で、宴はたいそう盛りあがった。

そのさなか、義教が座す席の背後——閉じられた襖一枚の向こう側では、着々とある準備が調いつつあった。

ひっそりと息をひそめて襖の向こう側に集まったのは、甲冑《かっちゅう》を身につけて刀を帯びた赤松家の武人たちだった。

　武人たちは「待っているあいだ絶対に声を立ててはならぬ」「気配ひとつ悟られてはならぬ」と強く言い聞かされていた。ここに皆が控えていると誰かに知られれば、すべての算段が台無しになる。岩の如く動かず、物音ひとつたてなかった。だが、時が満ちれば、飢えた山狗《やまいぬ》の如き勢いで飛び出さねばならないのだ。

　体中から噴き出す汗を気味悪く感じつつも、武人たちは、ひたすらその時を待った。

　夕刻が近づき、五度目の大盃が回り、舞台では三番の『鵜飼』が始まった頃、義教は、ごろごろと何かが轟《とどろ》く音を敏《さと》く聞きつけ、不安に襲われた。近くにいた家臣に「あれは何か」と訊ねると、酒がまわってすっかり機嫌がよくなっていた家臣は「雷鳴でございましょう」と答えるだけで、まったく取り合わない。この日は朝から天気が悪かったので、思い込みだけで、こう返したのだ。

　その直後、義教の背後の襖が一斉に開け放たれ、抜き身の刀を手にした甲冑姿の数十人の武人が宴の場へなだれ込んだ。ふたりの武人が義教の肩を押さえつけ、ひとりが義教の頭上に高々と刀を振りかざした。

　刃が一瞬煌《きら》めいた。義教の首は一刀のもとに斬り落とされ、派手な音を立てて床に転がった。残された体から泉の如く鮮血が噴き出し、正面に真っ赤な海をつくった。

　大名たちは悲鳴をあげて逃げ惑った。皆したたかに酔っているので足下がおぼつかない。

人を突き転がし、己も突き飛ばされ、ほうほうのていで庭へとまろび出る。庭先で控えていた義教の走衆《はしりしゅう》（警護の者）は、すぐに何が起きたのか察し、刀を抜いて宴の場へ駆けあがった。

義教の家臣の中にも、腰刀を抜き、赤松家の武人たちに斬りかかった者たちがいた。この勇敢な四人の名は、大内持世《おおうちもちよ》、京極高数《きょうごくたかかず》、細川持春《ほそかわもちはる》、山名熙貴《やまなひろたか》。公家の権中納言三条実雅《ごんちゅうなごんさんじょうさねまさ》も、この日、宴の引き出物としてその場に飾られていた太刀を手にとって立ち向かった。

刃と刃がぶつかる音が鳴り、襖や柱に新たな血が飛び散った。だが、如何にこの五人が気骨に満ちた者であろうが、相手は甲冑を身につけた数十人である。ほとんど勝負にならなかった。

三条実雅は武人ならぬ身、あっというまに斬り伏せられた。山名熙貴は即死。細川持春は片腕を付け根から斬り落とされた。大内持世と京極高数も瀕死の重傷を負って倒れた。走衆も交えての乱闘になってくると、赤松側の老臣が大声で呼ばわった。

「我らは既に義教さまの首をあげておる。これ以上の騒乱は望まぬ。皆、鎮《しず》まられたし」

息を切らして斬り合っていた走衆は、刀をおろし、気の昂《たか》ぶりを収めていった。場が落ち着いてくると、事態の深刻さがいっそう皆の胸を深くえぐった。取り返しのつかぬ事態に陥ったことに震えながら、皆、うつむき、膝を折って嗚咽《おえつ》を洩らした。

ほどなく、死者と負傷者の運び出しが始まった。

義教の遺骸だけは赤松邸に残された。誰も持ち出そうとしなかった。

赤松側だけが知っていたことだが、義教が聞いた「雷鳴に似た音」は、襲撃直前、赤松家の武人が厩《うまや》の馬をすべて解き放ったときに生じた音だった。馬が庭を駆け回り大地を蹴る音が、宴のざわめきの中では雷鳴のように聞こえたのである。

馬が駆け回り始めると、何も知らない赤松邸の雑人《ぞうにん》（雑役を担う者）は、一頭も逃がすまいとしてすぐに屋敷の門を固く閉ざした。これは宴に招かれた者をしばらく邸内に閉じ込めるための赤松側の策略だった。

ところが我先に逃げ出した大名たちは、門が開かぬと知ると、塀を乗り越えてまで逃げ惑う狂態を演じた。

知らせを受けた都の人々は、逃げることしか考えなかった大名たちを、不忠義者、臆病者となじり、後々まで嘲笑の的としたという。

以上が、のちに「嘉吉の乱」と呼ばれることになる、一連の争いの発端の次第である。

五

呂秀は思わず僧衣の袖で顔を覆った。遠く離れた都から播磨国まで、むせかえるような血の臭いが流れてきたかのように感じていた。

律秀が三郎太に訊ねた。「では、すぐに、御所から教康さまの屋敷に兵が差し向けられたのだな。赤松家の者はすべて討ち取られたのか」

三郎太は首を激しく左右にふった。「赤松家の謀反に、他の大名たちは『我らも同じく襲われるに違いない』と恐れ、それぞれの屋敷に閉じこもってしまいました。義教さまは、ここ何年か苛烈な政を続けておられたせいで、皆から疎《うと》まれていたそうです。それゆえ親王さま自ら『自業自得か、力なきことか。将軍がこのように犬死にするなど、古来よりその例を聞かぬ』とまで言い放つ始末。いますぐ赤松家を討つべしと言い出す者もおらず、騒ぎの翌日、教康さまは満祐さまと共に播磨国へ戻ると決めたそうです。赤松家本邸に火を放ったあと、一族の屋敷、家臣の屋敷にも火をつけました。義教さまの御首級《みしるし》を槍の先に刺し、一行が道を駆け抜けていくのを、大勢の都人が見ておりました」

「いったい、どうなっているのだ」律秀は苛立ちのあまり声を荒らげた。「何がなんだかわからないぞ。もっと詳しく事情を教えてくれ」

「義教さまは、ずいぶん前から有力な武家を疎み、次々と粛清なさっていました。自分に従わぬ公家に対しても厳しく、何かと理由をつけて財産を没収し、追放し、比叡山の延暦寺とも対立しました。大名たちが衆議を行うことに反対し、ご自身だけで何もかもお決めになりたかったようです。赤松満祐さまのことも激しく嫌っており、あの手この手で政から排除しようとなさったので、身の危険を察した満祐さまは、自分から義教さまを討つしかないと決意されたのでしょう。満祐さまも教康さまも、本当はご自分の屋敷で御所からの兵を待ち、そこで自害なさるおつもりだったようです。ところがいつまで待っても兵が来ぬので、仕方なく故郷へ戻ることにしたようで」

「では、こちらへ向かっている途中なのだな」

「はい。有傅さまへ至急の文を出したのは、朝廷でも公家でもなく、陰陽寮です。『赤松家一行が播磨国に到着すれば、すぐにそちらで都からの軍勢と戦になろう。都人である有傅が播磨国に留まったままでは、このたびの戦に巻き込まれるやもしれぬ。赤松家によって人質となっては面倒なので、急ぎ、都へ戻られよ』とのお達しです」

「なんと。有傅さまは、どうなさるおつもりか」

そのとき、当の有傅が本堂に入ってきて言った。「どうもこうも、陰陽寮へ戻れと言われれば戻るしかない。それが私の立場だ」

有傅は呂秀と律秀の顔をじっと見た。「もう少し、いや、あと何年でも、この地で星を観ていたかったが――」

呂秀は首を横にふった。「仕方がありません。播磨国の者として、私どもは、どうお詫《わ》びしてよいものやら」

「そのようなことは考えずともよい。武家どもはまことに愚かだ。人を殺《あや》めて何が解決しようか。ただ、この一件、蒲生醍醐による呪いが関わっているのであればやっかいだ。赤松満祐どのは、嫡男ともども、邪悪なものに日々呪いを吹き込まれていたのかもしれん。それが日々の鬱憤を後押ししたのではなかろうか」

「それは調べてみないことには、まだなんとも」

「ともかく、私はすぐにここを発つ。ゆっくりと別れの挨拶もできず、すまんな」

律秀が言った。「有傅さま。もうこれから我らは敵同士なのですか。都からの軍勢が押し寄せれば、どのみち赤松家は持ちこたえられぬでしょう。戦に勝っても負けても、播磨国は、またしても都に逆らった大罪人を出した国と指さされます。平安の世に、道満さまが都で罪を犯したと責められたときと同じく」

「くだらぬことを申すな」

有傅は大股で歩み寄ると、律秀と呂秀の肩にそっと手を載せた。「この国で受けた恩は決して忘れぬ。そなたらとも永遠に友であるぞ。戦がなんだ。政がなんだ。都で見える星も播磨国で見える星も同じものだ。それが理の美しさであろう。我らもそれと同じだ。星の動きを読み、困っている人の暮らしを助け、知恵によって導くことは、我らが共に有する務め。都に帰る私も、ここに住み続けるそなたらも、いつまでも同じくあり続けるのだ。さすれば、いつかまたどこかで合流する機もあろう」

「ありがとうございます」律秀は、肩に置かれた有傅の手に自分の手を重ねた。「どうか、道中ご無事でありますように。有傅さまと三郎太さまにお渡しする護符、既に、ここにできあがっております。お持ち下さい」

「これを身に帯びて帰れるのは幸いだ。都からの文と入れ違いになっていたら、帰路で禍に見舞われていたかもしれん。こちらこそ礼を言う」

「都での一件は、まだ、和尚さま以外にはお話しにならぬほうがよいかと存じます。我らも身近な者以外には洩らしませせぬ」

「わかった。私は都へ帰ったら、大中臣正信さまと共に、蒲生醍醐について調べ直してみる。何か新たにわかれば、すぐに文を送るぞ」

有傅は、三郎太を手招きして呼び寄せた。「出発の準備をいたす。しろねを連れていくのを忘れるな。道中疲れさせせぬように、籠に布を何重にも敷き、その中に収めるのだ。飢えさせぬように、煮干しや糒《ほしい》の調達も忘れるな」

三郎太は潑剌と「かしこまりました」と答えた。

有傅と一緒に立ち去る直前、三郎太は呂秀たちに向かって丁寧に頭を下げた。「律秀さま、呂秀さま。長いあいだお世話になり、まことにありがとうございました。また、どこかでお目にかかりましょう。それではご機嫌よう」

有傅と三郎太が立ち去ると、律秀は呂秀に「座れ。少し話そう」と言って、床にあぐらをかいた。

呂秀もその場に腰をおろした。

本堂はしんとしており、自分たちがたてる物音以外、何も聞こえてこなかった。

律秀は呂秀に言った。「赤松満祐さまは、書写山《しよしやざん》の坂本《さかもと》城にお戻りになるであろう。そこに籠城し、都からの軍勢を迎え撃つに違いない。そこへ至るまでの川辺や山での戦になるから、おそらく、このあたりの野には大きな被害は出ない。農人の中には戦に駆り出される者が出ようが、いまの世の習いとしては仕方なきことだ。我らは傷ついた者たちを薬で助けてやることしかできん。問題は――満祐さまのおそばには、蘆屋の者が仕えていることだ」

「蘆屋《あしや》道薫《どうくん》さまですね。薬師として満祐さまに仕えておられます。都にも同行しておられたでしょう」

道薫については、呂秀があきつ鬼と初めて出遭ったときに話したことがある。なぜ道薫に主になってもらわないのかと呂秀が訊ねると、あきつ鬼は、道薫よりも呂秀のほうがいいと答えた。蘆屋の血の濃さで主となる者を選ぶのではなく、物の怪が見える才を持つ呂秀のほうを選びたいと言ったのだ。律秀でもだめだ、呂秀こそがいいのだと。

「戦になって城が陥ちれば、赤松一族は自害して果てる。道薫さまもお供されるかもしれん」

「なぜですか。自害するのは大名と身内だけでよいでしょう」

「薬師は一族の諸々に詳しい。事後によけいなことを喋らぬように、運命を共にせよと命じられるかもしれぬ。あるいは、都からの軍勢に斬り捨てられるかもしれん。道薫さまは都でさまざまなものを見聞きされたであろう。その中には、他の武家や公家にとって都合の悪い話も含まれているはずだ」

「つまり、口封じのために」

呂秀はうなずいた。「道薫さまは蘆屋の血を濃く引く方だ。もしかしたら、都にいるあいだに蒲生醍醐と遭遇したかもしれん。見るだけでなく、言葉を交わしていたならば――少しだけでも、それについて知りたい。満祐さまのあとを追うのは止められずとも、せめて、蒲生醍醐に関しては、かけらほどの出来事でも教えて頂きたいのだ」

「父に文を書いてもらいましょう。廣峯神社の名があれば、我らでも坂本城に入れるはず」

「門番に追い返されそうになったら、あきつ鬼に、ひと働きしてもらおう。こういうときこそ式神の力を借りねば」

呂秀は脇に控えていたあきつ鬼のほうを見て、声をかけた。

「聞きましたね、あきつ鬼。我らの手助けをお願いします」

あきつ鬼はにやりと笑い、「任せておけ」と答えた。「戦か。血が騒ぐな。愚かな武人どもは、ひとり残らず、わしが薙ぎ倒してやろう。いくらでも命じてくれ」

「乱暴はいけません。でも、この戦の場には、おそらく、また蒲生醍醐が姿を現すでしょう。我らを守っておくれ。そして、あの者が現世にかけた呪いを、今度こそ完全に断ち切るのです」

「承知した」あきつ鬼の体から、ごうっと炎が噴き出して全身を包み込んだ。虚空に漂う禍を睨みつけるかのように、爛々《らんらん》と目を輝かせながらあきつ鬼は言った。「わしはおまえたちと違って刀は持たず、わし自身が刃になろう。不動明王がお持ちのような長剣となり、この身をもって魔を降《くだ》そう」

註

岡山県に伝わる「温羅の伝説」と兵庫県に伝わる「伊佐々王（鹿が壺）の伝説」は、どちらも実在する物語ですが、本書収録の「縁」「伊佐々王」のエピソードを執筆するにあたり、小説として生き生きと描写するために、著者による創作を随所に差し挟んでいることをお断りしておきます。

オリジナルの伝説に興味をお持ちになった方は、左記の書籍やＷｅｂサイトをご参照下さい。

『岡山県の歴史散歩』（岡山県の歴史散歩編集委員会編／山川出版社）二〇〇九年

兵庫県立歴史博物館　ひょうご伝説紀行 ―語り継がれる村・人・習俗―
鹿が壺　伊佐々王と不思議議な穴の物語
https://rekihaku.pref.hyogo.lg.jp/digital_museum/legend/story23/

初出
「突き飛ばし法師」　「オール讀物」（二〇二二年八月号）
「縁」　書き下ろし
「遣いの猫」　〃
「伊佐々王」　〃
「鵜飼と童子」　〃
「浄衣姿の男」　〃

装画　マツリカ
装丁　野中深雪

上田早夕里（うえだ・さゆり）
兵庫県出身。二〇〇三年『火星ダーク・バラード』で第四回小松左京賞を受賞し、デビュー。二〇一一年『華竜の宮』で第三十二回日本SF大賞を受賞。SF以外のジャンルも執筆し、幅広い創作活動を行っている。『魚舟・獣舟』『リリエンタールの末裔』『深紅の碑文』『薫香のカナピウム』『夢みる葦笛』『破滅の王』『リラと戦禍の風』『ヘーゼルの密書』『播磨国妖綺譚　あきつ鬼の記』など著書多数。二〇二三年『上海灯蛾』で第十二回日本歴史時代作家協会賞・作品賞を受賞。

播磨国妖綺譚《はりまのくにようきたん》　伊佐々王《いざさおう》の記《き》

二〇二三年十二月十日　第一刷発行

著　者　上田早夕里《うえださゆり》
発行者　花田朋子
発行所　株式会社　文藝春秋
〒一〇二―八〇〇八
東京都千代田区紀尾井町三―二三
☎〇三―三二六五―一二一一
印刷所　TOPPAN
製本所　加藤製本
DTP　言語社

万一、落丁・乱丁の場合は送料当方負担でお取替えいたします。小社製作部宛、お送りください。
定価はカバーに表示してあります。
本書の無断複写は著作権法上での例外を除き禁じられています。また、私的使用以外のいかなる電子的複製行為も一切認められておりません。

©Sayuri Ueda 2023
Printed in Japan

ISBN978-4-16-391786-3